c o l l e c t i o n

Romans jeunesse

D1340555

Depuis le 1er avril 2004, les Éditions HRW affichent
une nouvelle raison sociale, soit Éditions Grand Duc ■ HRW.

Éditions Grand Duc ■ HRW
Groupe Éducalivres inc.
955, rue Bergar, Laval (Québec) H7L 4Z6
Téléphone: (514) 334-8466 ■ Télécopie: (514) 334-8387
InfoService: 1 800 567-3671

Déjà parus dans cette collection:

Les voyageurs de la chambre verte

▼

Nadya Larouche

Les voyageurs de la chambre verte
Larouche, Nadya
Collection L'Heure Plaisir Tic•Tac

© 2004, **Éditions Grand Duc ▪ HRW,** une division du Groupe Éducalivres inc.
Tous droits réservés

Nous reconnaissons l'aide financière du gouvernement du Canada
par l'entremise du Programme d'aide au développement de l'industrie
de l'édition (PADIÉ) pour nos activités d'édition.

ILLUSTRATIONS : Yves Boudreau

CODE PRODUIT 3461
ISBN 0-03-928829-3

Dépôt légal – 3e trimestre
Bibliothèque nationale du Québec, 2004
Bibliothèque nationale du Canada, 2004

Imprimé au Canada
1 2 3 4 M 3 2 1 0 9 8 7 6 5 4

Table des chapitres

▼

Liste des
personnages de ce récit

▼

Au besoin, consulte cette liste pour
retrouver l'identité d'un personnage.

Personnages principaux

Hugo :
>   un garçon de douze ans et demi,
>   sensible et débrouillard ;
>   le narrateur de ce récit.

Maxime :
>   un garçon de treize ans qui a
>   autant d'appétit que d'amis.

Caroline :
>   une fille de presque treize ans,
>   très généreuse et extrêmement
>   déterminée.

Patrick :
>   un garçon de treize ans, à
>   la bonne humeur contagieuse ;
>   il adore la musique et
>   les copains.

Personnages secondaires

Grégoire :
   un vieil homme peu amical qui
   habite une maison décrépite.

Marcel :
   le cousin d'Hugo.

Madame Gascon :
   la mère de Patrick.

Monsieur Sénécal :
   le père de Maxime.

L'employé du marché aux puces.

La serveuse du café.

Le policier.

Chapitre 1

Une veillée funèbre

— Hugo, m'interpelle Maxime à travers l'obscurité opaque comme du goudron. Allume la chandelle. On n'y voit rien du tout.

— Je veux bien. Mais il faut d'abord la trouver, cette chandelle.

J'avance à l'aveuglette, les mains tendues devant moi, à la recherche du bougeoir. Tout à coup, mon pied se pose sur une petite motte. Un cri fuse alors dans le noir.

— Hé là ! s'indigne Caroline. Ce sont mes orteils, ça. Fais de la lumière, bon sang !

— Oui, oui. Un peu de patience, vous deux !

J'extirpe un minuscule carton de la poche de ma veste. Mes doigts engourdis de froid en arrachent maladroitement une allumette et la craquent contre le frottoir. Une mince flamme bleutée s'étire timidement au milieu des ténèbres.

— Où est donc ce foutu bougeoir ? fait Caroline, s'énervant.

Je scrute la pièce, à la lumière vacillante de l'allumette qui se consume beaucoup trop vite.

— Il est là, dis-je enfin. Derrière Maxime, sur la commode.

J'approche l'allumette de mon compagnon. Celui-ci pivote sur ses talons et allonge rapidement la main vers le bougeoir. Un peu trop vite, cependant. Il renverse l'objet qui tombe par terre avec fracas. La chandelle se détache et roule sur le parquet jusqu'à mes pieds.

— Zut !

Je me penche pour la récupérer lorsque je sens une vive douleur au bout de mes doigts. Une odeur de peau grillée me chatouille les narines. Au même moment, la flamme rapetisse et disparaît. La pièce est de nouveau plongée dans l'obscurité.

Je secoue énergiquement ma main.

— Ouille ! Je me suis brûlé !

Maxime me rejoint à tâtons. Il m'arrache le carton d'allumettes et en fait craquer une à son tour. Il ramasse ensuite la chandelle et enflamme la mèche.

— Ce que tu es gauche, commente-t-il, plutôt sèchement. C'est comme ça qu'il faut faire.

La moutarde me monte au nez. Je hausse le ton.

— Mais dis donc! Qui est le plus maladroit des deux? Si tu n'avais pas envoyé valser le bougeoir, j'aurais eu le temps d'allumer et...

Je ne termine pas ma phrase. Un drôle de bruit étouffé m'en empêche. Je me retourne, tout d'un bloc.

Caroline s'est écroulée dans un vieux fauteuil empoussiéré. Elle sanglote misérablement.

Je regarde Maxime. Il se mord la lèvre, mal à l'aise tout comme moi. Puis, pour se donner une contenance, il entreprend de récupérer le bougeoir, à quatre pattes sous le lit. Pour ma part, je ne sais trop que faire. Une fille en larmes, ça me bouleverse.

— Ne pleure pas, Caroline...

Je m'approche de la fenêtre et pose mon front sur la vitre glacée. La nuit est d'encre. On ne voit même pas la ferme voisine tant il fait noir. Je distingue à peine la faible lumière de l'enseigne au néon du tout nouveau casse-croûte pour camionneurs situé un peu plus loin, sur la route.

Je quitte la fenêtre et m'assois auprès de Caroline, sur l'accoudoir du fauteuil. Elle appuie aussitôt sa tête sur ma poitrine. Ses larmes mouillent le denim de ma veste. Je ne trouve rien de mieux à faire que de passer mon bras autour de son cou.

— Excuse-nous, dis-je enfin, au bout d'une éternité. Nous ne voulions pas nous quereller, Maxime et moi. C'est que, depuis hier, nous sommes vraiment à l'envers, nous aussi.

Les épaules de Caroline tressautent en silence. Je caresse, d'une main hésitante, les boucles noires que la coiffeuse a récemment coupées très court. Quelques jours à peine avant l'accident, en fait...

L'accident...

Lentement, à ce souvenir, une boule se forme dans ma gorge. Je cherche un peu de réconfort du côté de Maxime, mais celui-ci fuit obstinément mon regard. Il s'entête à faire tourner l'unique aiguille d'un vieux réveil déglingué trouvé dans la pièce. La chandelle éclaire son visage. Et je vois bien, à la crispation de sa bouche, qu'il est ému, très ému.

Un soupir en trémolos monte brusquement des plis de ma veste. Caroline lève la tête vers moi.

— Oh! Hugo! Je suis si malheureuse... Nous n'aurions pas dû revenir ici. Cette vieille maison abandonnée est sinistre, sans Patrick. Il me manque terriblement.

— Oui, je sais.

Je tente de refouler l'émotion qui m'envahit pour la énième fois aujourd'hui. Mais rien à faire. Mes yeux

s'embuent de larmes lourdes de chagrin, de révolte et d'impuissance.

Notre copain Patrick a été happé
par une automobile, hier après-midi,
après l'école. Pratiquement sous nos
yeux. Il repose maintenant à l'hôpital
où les médecins le maintiennent en vie
artificiellement. Il n'y a, disent-ils,
aucune chance qu'il sorte un jour du
coma. Il est cliniquement mort. Et pourtant, il n'a que treize ans et, en principe,
toute la vie devant lui. C'est vraiment
dur à encaisser, un coup pareil. Surtout
pour nous trois, ses meilleurs amis.

Je serre Caroline un peu plus étroi-
tement contre ma poitrine. Ses san-
glots cessent enfin. Un dernier hoquet
s'échappe de ses lèvres.

— Les médecins se trompent peut-
être, suggère-t-elle soudain, un pitoya-
ble espoir au fond de ses yeux rougis.

Je voudrais la rassurer, mais c'est
au-dessus de mes forces.

— Caroline, fais-je d'une voix rauque, il vaut mieux ne pas nous faire d'illusions. Patrick va mou...

Le mot cruel reste bloqué dans ma gorge. Je baisse la tête.

Nous nous taisons tous pendant un long moment. Caroline et moi demeurons blottis l'un contre l'autre. Quant à Maxime, maintenant assis au pied du lit, il continue de faire tourner inlassablement l'aiguille du fichu réveil. Un désagréable grincement de crécelle emplit la pièce autrement tranquille.

Caroline pose tout à coup la main sur le genou de notre copain.

— Maxime ! s'impatiente-t-elle. Tu veux bien cesser de triturer ce maudit réveil, s'il te plaît ? J'ai les nerfs à fleur de peau.

Maxime abandonne son manège distrait et lance l'objet derrière lui, sur le lit. Je n'ai cependant pas le temps de m'en réjouir.

Un bruit monstrueux, semblable à celui d'un gigantesque évier qui se vide, vient immédiatement troubler le silence tout neuf. Il fait vibrer le parquet sous nos pieds. Mes doigts agrippent fortement le bord de l'accoudoir.

— Oh là là !

Caroline, très pâle, presse ses paumes sur ses oreilles. Maxime serre sur sa poitrine les pans de sa veste en jean, l'air hébété.

— Qu'est-ce qui nous arrive ? demande-t-il, gémissant presque.

Soudain, un vent violent s'élève comme en réponse à sa question. Il balaie la pièce d'un bout à l'autre, créant des tourbillons de poussière ici et là. Un vent violent, venu de nulle part...

Chapitre 2

Des pas
dans la nuit

La flamme de la chandelle vacille, se couche et s'éteint dans un grésillement. L'obscurité envahit de nouveau la pièce. Une obscurité extrêmement inconfortable.

Tout à coup, aussi subitement qu'il s'était levé, le vent se calme, puis s'évanouit. Il cède la place à un silence étouffant.

Je suis à ce point secoué par les événements que j'en oublie presque mon chagrin.

— Maxime, dis-je, la voix chevrotante. Tu... tu as toujours les allumettes ?

— Oui.

J'entends mon ami fouiller ses poches. Quelques secondes plus tard, une tête d'allumette raye l'émeri du frottoir. Une flamme surgit au bout des doigts de Maxime, petite mais réconfortante. Elle éclaire son visage défait.

— Qu'est-ce que c'était ? demande Caroline.

Je hausse les épaules.

— Je n'en ai pas la moindre idée.

— Une tornade, peut-être, propose Maxime.

Notre compagnon courbe la main en écran autour de l'allumette. Il se penche vers le guéridon et enflamme de nouveau la mèche de la chandelle.

De longues ombres s'étirent sur les murs de la chambre verte.

— Une tornade ? dis-je, après un moment de réflexion. Ça m'étonnerait. La fenêtre est fermée. La porte aussi.

— Eh bien, c'était une tornade intérieure, alors, répond Maxime d'un ton énervé. Est-ce que je sais, moi ? Tu...

Il n'a toutefois pas le temps de poursuivre. D'un geste autoritaire, Caroline nous impose le silence.

— Chut ! murmure-t-elle dans un souffle presque inaudible. Il y a quelqu'un d'autre que nous ici. J'ai entendu des bruits de pas.

Maxime lève un sourcil, sceptique. Nous tendons néanmoins tous deux l'oreille, mais en vain. La vieille maison demeure parfaitement silencieuse.

— Je n'entends rien, Caroline, dis-je.

— Moi non plus, ajoute Maxime. D'ailleurs, je ne vois pas qui pourrait venir ici à part nous. Nous sommes les seuls à avoir la clé.

— Ton père en a peut-être donné un double à un de ses collègues, suppose Caroline, tous ses sens aux aguets. Ou à un client.

— Tu veux rire, rétorque Maxime. Aucun autre vendeur immobilier ne désire mettre les pieds ici. Quant aux acheteurs potentiels, ils ne sont pas nombreux. Elle fait peur, cette bicoque. On la croit hantée depuis qu'un homme s'y est pendu autrefois. Personne ne veut l'habiter. Et puis, elle n'a ni l'électricité ni le téléphone.

— M. Grégoire l'a pourtant achetée, lui.

— Justement. Tu sais ce qu'on dit de lui ! Tout le monde l'appelle Grégoire le sorcier. Et puis, il est un peu fou... Imagine : il a gardé toutes les affaires du pendu, jusqu'aux moindres babioles. Je vous affirme qu'il est bizarre.

Caroline frissonne contre ma veste. Et je me doute bien que ce n'est pas de froid.

— N'est-il pas mort, ce Grégoire ?

— Oh non ! Il réside dans une maison d'accueil depuis plusieurs mois ; en fait, depuis qu'il est tombé et s'est cassé la hanche... Un accident tout bête. Il est monté sur une vieille échelle de bois pourri qui a cédé sous son poids.

— Pauvre homme, compatit Caroline.

— Je l'ai entrevu à Pâques, reprend Maxime, lorsque nous sommes allés visiter ma grand-tante Ernestine au foyer. Il ne se déplace plus qu'en fauteuil roulant.

— C'est moche, fais-je sincèrement.

Soudain, Caroline se dresse dans le fauteuil, le visage tendu vers la porte.

— Je me fiche de ce que vous pensez, chuchote-t-elle. Il y a quelqu'un, j'en suis sûre.

Un craquement sinistre confirme les

craintes de notre amie. Le craquement de pentures qui n'ont pas été huilées depuis des lustres. Un frottement nous parvient aussitôt du couloir...

— On vient, souffle Maxime.

Je fixe la porte d'un regard brûlant, comme si je pouvais l'empêcher de s'ouvrir par ma seule volonté. En pure perte, cependant. Je vois la poignée bouger lentement sur son axe...

Je bondis sur mes pieds, mais demeure planté là comme un poireau. Caroline, elle, se couvre la bouche à deux mains pour ne pas hurler. Maxime est le seul à réagir. Il s'empare du vieux réveil en métal, à l'autre bout du lit, et le brandit telle une arme. Puis, d'un geste prompt, il souffle la chandelle. La flamme s'incline et disparaît. Juste à temps... Car la porte tourne sur ses gonds, livrant passage à l'intrus.

Je retiens ma respiration.

Le battant pivote davantage. Un

rectangle d'une lumière rougeâtre se dessine sur le sol de la pièce obscure. Puis, tout à coup, l'homme est là, dans l'embrasure.

— Aïe aïe aïe ! gémit Caroline.

Une ombre immense se découpe sur le parquet. Et une figure grimaçante nous dévisage avec hostilité.

J'ouvre la bouche et me vide de mon air comme un ballon crevé. Au même moment, une exclamation étouffée monte de l'autre côté du lit. Maxime vient de perdre sa belle assurance, je crois.

Le nouveau venu avance dans la pièce, un énorme bâton à la main. Je recule d'autant de pas.

— Qu'est-ce que vous faites là, vous autres ? demande-t-il, la voix cassante.

L'homme hausse sa lampe à huile à la hauteur de son visage. La lumière éclaire ses traits parcheminés et ridés.

— Le vieux Grégoire ! s'exclame Maxime, s'étranglant presque.

— Vieux ? s'écrie l'homme, la figure déformée par l'indignation. Un peu de respect, garnement... Qu'est-ce que vous foutez ici, tous les trois ?

Caroline lève la main dans un geste pacificateur. Elle tremble comme une feuille.

— Ex... excusez-nous. On nous avait dit que... la maison était abandonnée.

Le vieux Grégoire s'approche davantage en soulignant chacune de ses paroles d'un dangereux mouvement de sa trique.

— Eh bien, ce n'est pas le cas. Vous savez comment je traite les cambrioleurs, moi ? Je leur défonce le crâne. Venez ici, vauriens !

Nous échangeons un regard paniqué, Caroline et moi. Puis, d'un commun accord, nous nous précipitons de part et d'autre du vieil homme.

— Sauve qui peut, Maxime, crie Caroline au passage.

Nous évitons de justesse les périlleux moulinets de la trique et nous retrouvons tous les deux, Maxime sur les talons, dans le couloir. Nous déboulons presque, pêle-mêle, le grand escalier. Heureusement, la lumière d'une autre lampe à huile filtre du salon, éclairant la porte principale. Nous repérons facilement le chemin de la sortie.

— Ouf! j'ai eu chaud, s'exclame Maxime, une fois que nous sommes tous trois dehors, au bout de l'entrée.

— Parlant de chaleur, remarque aussitôt Caroline, vous ne trouvez pas qu'il fait doux, tout à coup?

— C'est vrai, dis-je. La température est détraquée. Comme le vieux Grégoire, d'ailleurs.

À ces mots, la silhouette gesticulante de l'étrange bonhomme se découpe sur la fenêtre du salon, à la lumière rougeoyante de la lampe à huile.

— Je vous l'avais bien dit qu'il était

bizarre, nous rappelle Maxime.

— Tu nous avais également affirmé qu'il se déplaçait en fauteuil roulant et vivait dans un foyer, maugrée Caroline.

— Ouais ! fais-je, narquois. Il semble se porter beaucoup mieux.

Maxime lève les bras dans un geste d'incompréhension. Nous remarquons alors qu'il tient toujours le réveil à la main.

— Zut ! s'écrie Caroline. Tu lui as piqué son vieux bidule sans le vouloir. Il faut le lui rapporter.

— Tu rigoles ? Pas question que je remette les pieds dans cette bicoque.

D'un geste rapide, Maxime lance l'antiquité dans la masse sombre des buissons qui bordent le fossé.

— Ce que tu peux être délinquant, s'offusque Caroline. C'est nous qui étions en tort, en pénétrant dans la maison. Pas ce pauvre vieux fou.

Maxime rejoint la route déserte d'un pas désinvolte.

— Eh bien, rapporte-le-lui, son réveil, si ça te chante. Quant à moi, je tiens trop à la vie...

Notre compagnon s'interrompt net. Il se tourne lentement vers nous, l'air étrange.

— C'est drôle, reprend-il, la voix blanche. Toute cette histoire insensée dans la chambre verte m'a presque fait oublier, pour Patrick... Et là, soudain, ça vient de me frapper en pleine figure.

Caroline semble l'approuver. Elle s'approche de Maxime et passe le bras autour de sa taille. Je me joins à eux. Nous nous mettons en route, soudain sérieux et solennels comme trois papes.

Il fait affreusement sombre. Le chemin est désert à cette heure du soir. Il y a bien quelques réverbères, mais aucun d'eux ne fonctionne. L'administration municipale semble avoir jeté aux oubliettes cette portion de son territoire.

— Quelle nuit d'encre ! dis-je, maussade. Pas la moindre étoile. Pas la moindre lumière...

Soudain, Caroline s'immobilise, comme si elle venait de percuter un mur invisible. Elle agrippe mon bras et le serre impulsivement. Son visage est si livide qu'il se détache un peu sur l'opacité de la nuit.

— La lumière ! bredouille-t-elle. Le néon ! L'enseigne au néon du casse-croûte !

Je me tourne vivement vers le commerce, envahi par un soudain malaise. Maxime fait sûrement de même, car je l'entends pousser un cri de stupéfaction dans mon dos.

— Le ca... le ca... ca... ca..., s'écrie-t-il comme s'il était soudain devenu bègue. Le casse-croûte ! On dirait... On dirait qu'il a disparu !

Chapitre 3

Le monde
à l'envers

J'ai beau ouvrir les yeux grands comme des balles de golf, je ne vois rien. Là où devrait normalement se trouver le casse-croûte, je ne distingue que le néant.

La voix de Maxime, éraillée par l'émotion, s'élève dans l'obscurité.

— Je vous l'avais bien dit qu'il était un peu sorcier, le vieux.

— C'est insensé, déclare Caroline dont l'inquiétude s'entend dans la voix. On dirait qu'il n'y a plus rien. Plus d'enseigne au néon. Plus de bâtisse. Ce n'est quand même pas ce pauvre Grégoire qui les a fait disparaître !

Je traverse la route, à pas prudents, en direction du commerce fantôme.

— Où vas-tu ? demande ma copine, plus morte que vive.

— Nos yeux nous jouent des tours, j'en suis certain. Et puis, l'enseigne est peut-être éteinte...

Je m'engage dans l'allée du casse-croûte, bien décidé à élucider ce mystère. Cependant, au lieu de fouler du gravier, mon pied se retrouve soudain au-dessus du vide. Je bascule vers l'avant et roule jusqu'au fond d'un fossé.

J'entends mes amis qui accourent.

— Hugo ? s'inquiète Caroline du haut de la tranchée. Tu n'as rien ?

Je me relève vivement et glisse les mains le long de la paroi. Je cherche le remblai de terre permettant d'accéder au casse-croûte. En vain.

— L'allée..., dis-je, ébranlé. L'allée en gravier du casse-croûte. Elle s'est volatilisée ! Il n'y a plus que ce fossé.

Un urgent désir de ficher le camp m'envahit. Je me mets à gravir la pente abrupte avec frénésie, plongeant mes ongles dans la terre meuble.

— Attrape ma main, Hugo, me presse Maxime.

Je saisis l'aide offerte, à tâtons. Je prends enfin pied sur la route, passablement secoué.

— Partons d'ici, dis-je dans un murmure. Cet endroit me donne la chair de poule, tout à coup.

Mes deux amis ne se font pas prier.

— D'accord.

Je file droit devant, au pas de course, Caroline et Maxime dans mon sillage.

Je n'ai qu'une idée en tête : mettre le plus de distance possible entre ce lieu bizarre et nous.

Le bruit de nos pas sur l'asphalte et nos souffles courts résonnent étrangement dans la nuit. On dirait presque que nous sommes poursuivis par une bête haletante. De temps à autre, je jette un regard furtif à l'obscurité qui nous colle aux talons.

Nous dévalons la côte du musée et tournons dans l'avenue Carrier. Nous longeons ensuite la rivière jusqu'au centre-ville. Je consens alors à ralentir l'allure.

— Arrêtons-nous, geint Caroline, une main sur le flanc. Je suis hors d'haleine... Et puis, il fait... si chaud.

Nous cessons notre course folle. Maxime enlève aussitôt sa veste.

— C'est vrai qu'il fait chaud... pour la mi-mai ! confirme-t-il. Je suis... trempé de sueur.

Nous nous laissons choir sur un des bancs qui encadrent la rue piétonnière. Les passants y sont curieusement fort peu nombreux par une si belle soirée.

— Quelle aventure, mes amis ! s'exclame Caroline. Quelle formidable aventure !

— Nous devrions peut-être avertir la police, suggère Maxime, le souffle encore un peu court.

Je secoue la tête, pas du tout convaincu.

— Ils vont se moquer de nous. C'est plutôt incroyable, un casse-croûte qui s'évapore dans la nuit.

— Ouais ! Tu as raison, admet Maxime, un peu à contrecœur. Qu'est-ce qu'on fait alors ?

— Je l'ignore...

Je me creuse les méninges, ne sachant trop quelle suite donner aux événements. Mon regard vagabonde distraitement jusqu'à l'afficheur de la banque, sur le coin de la rue juste en face.

— Sapristi! dis-je, tout à coup tiré de mes réflexions. C'est du jamais vu pour un mois de mai. Vous savez combien il fait? Vingt-huit degrés Celsius! Pas surprenant qu'on ait chaud...

Je m'interromps subitement. Car un autre message, bien plus étrange encore, vient d'apparaître à l'afficheur.

— Caroline, fais-je brusquement, quelle heure indique ta montre?

Ma voisine de banc lève paresseusement le bras.

— Vingt et une heures cinquante-cinq. Pourquoi?

— Selon l'afficheur de la banque, il est presque minuit.

Mes deux copains se redressent instantanément.

— L'horloge est sûrement détraquée, suppose Maxime, les yeux rivés au message numérique.

— Peut-être. Mais vous ne trouvez pas curieux qu'il y ait si peu de monde dans les rues, un vendredi soir à vingt et une heures cinquante-cinq ? On dirait presque qu'il est beaucoup plus tard, non ?

Mes deux compagnons me dévisagent, un peu mal à l'aise.

— Qu'est-ce que tu insinues, Hugo ? me demande Caroline.

Je passe la main dans mes cheveux fauves, nerveusement.

— Rien, rien. Mais avoue que tout est bizarre, brusquement. Cette chaleur extraordinaire, les rues presque désertes, l'heure tardive à l'afficheur...

Maxime s'ébroue comme pour secouer l'inconfortable sensation qui s'installe en nous.

— Vous savez ce que je pense ? lâche-t-il. Ce qui est arrivé à Patrick nous a complètement virés à l'envers. Voilà.

À ces mots, le souvenir douloureux

de l'accident m'assaille. Une boule se met à monter et descendre dans ma gorge comme un ascenseur.

— Ne parle pas tant de Patrick, fais-je à l'oreille de Maxime. Tu nous brises le cœur chaque fois.

Je m'attends à un commentaire de Caroline, mais rien ne vient. Elle demeure absorbée dans la contemplation de l'afficheur, les sourcils froncés. Tout à coup, sans raison apparente, elle bondit sur ses pieds, tel un ressort.

— Qu'est-ce qui te prend? s'étonne Maxime.

Caroline baisse les yeux vers nous, l'air halluciné.

— Il vient de me passer par la tête une idée complètement saugrenue. Et pourtant... et pourtant, elle expliquerait tous nos mystères... même celui du casse-croûte.

Maxime et moi échangeons un regard perplexe.

— Venez, continue Caroline. Je veux vérifier quelque chose.

Elle s'éloigne et nous incite à la suivre d'un geste de la main. Nous traversons derrière elle la rue piétonnière.

Notre compagne court jusqu'à la devanture de la banque, puis colle son nez à une des larges fenêtres.

Nous l'imitons, Maxime et moi.

— Qu'est-ce qu'on cherche ? demande Maxime.

— La date, répond simplement Caroline. Elle est toujours bien en vue sur un mur, près des caisses.

— Mais tu n'avais qu'à me la demander, dis-je. Nous sommes le 15 mai, aujourd... Oh ! Oooooooh !

Je m'étouffe presque de stupéfaction. Je viens d'apercevoir, dans un rayon de lumière du réverbère, la date affichée en chiffres et en lettres énormes, sur le mur du fond...

« JEUDI, 28 AOÛT »

Chapitre 4

Un voyage extravagant

Notre étonnement est tel que trois ronds de buée se forment sur la vitre devant nos bouches béantes. Caroline est la première à reprendre quelque peu ses esprits.

— C'est... c'est ce que je craignais, murmure-t-elle d'un ton empreint de fatalité.

— Le 28 août, fais-je, foudroyé.

LE 28 AOÛT !

Maxime se prend la tête à deux mains. Il semble consterné, lui aussi.

— Dites-moi que je rêve. Ce n'est pas possible !

Je demeure immobile, littéralement rivé à la vitre. Je n'arrive pas à détacher mon regard de cette date incroyable.

— Nous avons été catapultés dans le temps, fais-je, les yeux ronds.

— Nous sommes retournés en arrière de plusieurs mois, précise Caroline, dans un filet de voix. Voilà pourquoi le casse-croûte était introuvable, tout à l'heure. Il a été construit en octobre seulement.

Je hoche la tête, impressionné.

— Tout s'explique, alors. Le vieux Grégoire nous est subitement apparu parce que nous avons reculé dans le temps. Jusqu'à une époque où il n'était pas encore tombé de l'échelle.

— Oh là là ! souffle Maxime. C'est complètement débile, ce truc !

Caroline se secoue.

— Eh bien ! J'imagine qu'il faut voir le bon côté des choses. Nous sommes encore en vacances, le 28 août.

Maxime s'écarte de la fenêtre et se laisse machinalement tomber sur la deuxième marche du porche de la banque.

— Mais l'école commence dans une semaine, réplique-t-il, déconfit. Tu t'imagines ? Ça signifie que je vais devoir reprendre le cours endormant de M. Chénier depuis le début. Ah non ! C'est trop bête ! Il faut trouver le moyen de retourner en mai.

J'enfouis les mains dans ma tignasse rousse.

— Oui, mais comment ?

— Nous devons d'abord découvrir pourquoi nous avons voyagé dans le temps, déclare Caroline. Il s'est sûrement passé quelque chose d'important, là-haut, dans la chambre verte. Quelque chose qui nous échappe pour l'instant...

Je tente de récapituler aussi fidèlement que possible les événements de notre visite chez le vieux Grégoire.

— Eh bien, nous sommes entrés et nous avons aussitôt allumé la chandelle. Nous avons ensuite parlé de Patrick, je crois...

Le regard de Caroline s'assombrit. Je m'empresse de changer de sujet.

— ... Maxime, lui, faisait tourner l'aiguille de ce stupide réveil...

— Et puis il y a eu ce drôle de bruit, enchaîne notre ami. Juste avant...

Caroline exhale bruyamment un soupir comme si l'on venait de lui couper le souffle d'un uppercut.

— Le réveil, s'écrie-t-elle. C'est ça ! Le réveil !

Elle agrippe le t-shirt de Maxime, surexcitée.

— Si je me souviens bien, tu tournais l'aiguille vers la gauche, à contresens, non ?

— Il me semble, oui, admet prudemment Maxime.

— L'aiguille tournée à l'envers ! s'exclame Caroline, jubilant presque. Voilà l'explication ! C'est toi, Maxime, qui nous as propulsés dans le passé... Tu nous as fait reculer dans le temps grâce à ce réveil maléfique.

Nous restons muets d'étonnement un moment, Maxime et moi. Puis mon copain se lève brusquement, franchement embarrassé.

— Voilà que c'est de ma faute à présent.

— Allons donc, le gronde Caroline. Je ne t'accuse pas. Je cherche simplement à comprendre ce qui nous arrive.

Maxime se détend un peu. Il se frotte le menton du revers de la main, ébahi.

— Un réveil ensorcelé ! Quelle histoire inouïe !

Une petite lumière s'allume soudain dans mon cerveau. Je fais claquer mes doigts sous le coup de cette heureuse inspiration.

— Je crois que je sais comment réintégrer le présent, dis-je, fier de moi. On n'a qu'à tourner l'aiguille du réveil dans le sens horaire au lieu d'à contresens. Ça devrait marcher, non ?

Un rugissement de moteur empêche cependant mes amis de vanter mon génie. Une rutilante antiquité sur quatre roues tourne bruyamment le coin de la rue voisine. De longues flammes peintes en jaune et vermillon lèchent les flancs noirs de sa carrosserie parfaitement astiquée.

J'ouvre bêtement la bouche, secoué par une formidable impression de déjà-vu.

La bagnole pétarade jusqu'à l'angle

de l'avenue et de la rue piétonnière. Elle ralentit en passant devant nous.

— Hé ! Hugo ! fait en ricanant mon cousin Marcel, qui est au volant. Pas encore couché ? Les petits garçons sont normalement au lit, à cette heure.

Le jeune homme part d'un grand éclat de rire et appuie à fond sur l'accélérateur. Les pneus crissent, mordent l'asphalte ; une boucane de fin du monde jaillit du tuyau d'échappement. Le monstre de tôle bondit vers l'avant et nous abandonne dans un nuage infect de monoxyde de carbone.

— Où ton cousin a-t-il ramassé ce tas de ferraille ? demande Caroline, toussant presque.

Je regarde s'éloigner la voiture, piqué au vif. Ah ! ce Marcel ! Ce qu'il m'énerve !

— Il a acheté cette bagnole en août, fais-je lorsqu'il a enfin disparu. Avec ses économies de l'été. Tu t'en souviens sûrement, Maxime.

Mon ami acquiesce d'un mouvement de tête.

— Impossible de l'oublier. Marcel s'est pavané comme un coq partout en ville pour la montrer.

Je hausse les épaules.

— Deux jours plus tard, il l'a garée en oubliant de mettre le frein à main. La voiture s'est engloutie dans la rivière. Ça s'est passé pendant tes vacances au bord de la mer, Caroline.

Maxime soupire pensivement.

— En tout cas, conclut-il, un retour en arrière accomplit des prodiges : voilà que le vieux Grégoire marche et que le bolide de Marcel est de nouveau sur la terre ferme.

Maxime a à peine terminé sa phrase que Caroline laisse échapper un faible gémissement. Son visage devient affreusement livide. Elle s'appuie au mur de la banque, les traits défaits.

Je me précipite à ses côtés et la soutient tant bien que mal.

— Qu'est-ce que tu as, Caroline ? Tu es toute pâle !

Notre amie nous dévisage tour à tour, l'air égaré. Puis, subitement, elle se met à trembler.

— Mais vous ne voyez pas ? balbutie-t-elle, au comble de l'émotion. Le vieux Grégoire marche sur ses deux jambes. La bagnole de Marcel n'est pas encore engloutie dans la rivière... Alors Patrick... Patrick...

Maxime saute sur ses pieds et se flanque une claque sonore en plein front.

— Mais bien sûr, s'écrie-t-il. Patrick n'a pas encore été victime de ce stupide accident. Il est vivant ! Et bien portant !

Notre ami entraîne Caroline dans une sarabande totalement saugrenue à cette heure tardive. Les rares passants secouent la tête dans une muette protestation devant ces bruyants débordements.

Un large sourire s'épanouit sur mes lèvres. Mes yeux se mouillent peu à peu. Patrick, vivant...

Puis Caroline se dégage de l'étreinte de Maxime. Elle replace avec impatience une mèche de cheveux qui lui chatouille la paupière.

— Ça me semble trop beau pour être vrai, déclare-t-elle, rembrunie. Il faut que je le voie pour y croire vraiment. Tout de suite.

Nous acquiesçons, Maxime et moi. Puis, sans proférer une parole de plus, nous mettons tous les trois le cap sur la maison de Patrick, partagés entre l'exultation et la crainte de voir nos espoirs réduits à néant.

Nous enfilons les rues, l'une à la suite de l'autre. Nos ombres glissent rapidement sur les habitations, pour la plupart endormies.

Au coin du parc, Caroline tourne dans la rue Graveline Ouest et s'immobilise devant le 502. La fenêtre de la chambre de Patrick est obscure, aveugle.

— Et si nous nous étions trompés? appréhende-t-elle dans un filet de voix.

— Il n'y a qu'une façon de le savoir, réplique Maxime.

Notre compagnon grimpe les marches du balcon deux à deux, puis enfonce le bouton de la sonnette. Nous le rejoignons au moment même où le carillon ébranle la grande maison tranquille.

Des pas résonnent sèchement sur le dallage du vestibule. Un œil inquiet se colle un moment à la vitre, puis le battant tourne sur ses gonds.

— Caroline! Les garçons! chuchote la mère de Patrick, en robe de chambre. Que faites-vous là? À cette heure?

— Madame Gascon, supplie Caroline, un pied dans la porte, il faut que je voie votre fils. Absolument.

Le regard de la dame traduit son étonnement, puis s'assombrit.

— C'est impossible, tu le sais bien, fait-elle doucement, mais fermement. Allons, rentre chez toi.

Ma gorge se serre. J'échange un regard angoissé avec mes amis. Comment, impossible ? Nous sommes pourtant revenus en arrière ! Bien avant l'accident de notre copain !

— C'est quoi, l'idée ? demande tout à coup une voix ensommeillée du haut de l'escalier. Vous savez bien que demain matin j'aide papa à la boutique. Je commence à six heures, moi.

Nous levons tous les trois la tête. Une silhouette familière descend lourdement les marches.

Caroline s'étrangle presque d'émotion.

— Patrick !

Chapitre 5

Retrouvailles

Caroline bouscule bien involontairement Mme Gascon et se rue dans l'escalier. Elle gravit les marches qui la séparent de Patrick et lui saute impétueusement au cou. Le pauvre garçon doit se retenir solidement à la rampe pour ne pas débouler jusqu'en bas sous la force de l'impact.

— Hé! Caro! s'exclame-t-il, maintenant totalement réveillé. Qu'est-ce qui se passe?

Caroline sanglote sans retenue, le visage caché dans les plis du pyjama de notre ami.

— Patrick. Ooooh ! Patrick ! Tu m'as tellement manqué.

— Toi aussi, tu m'as manqué, déclare Patrick, se méprenant sur le sens de ses paroles. Alors, c'était bien, le bord de mer ? Tu es revenue plus tôt que prévu, non ?

Notre copine bafouille une réponse inintelligible dans le coton du pyjama, puis sanglote de plus belle.

— Elle est vraiment très secouée, s'étonne Patrick, le regard attendri. Je ne la savais pas si sensible.

Mme Gascon pousse un soupir, l'air plus ennuyé qu'ému, et se résout à fermer momentanément la porte dans notre dos. J'en profite pour m'échapper, Maxime à ma suite. Nous rejoignons le couple dans l'escalier.

— Patrick, dis-je alors que Maxime

lui serre la main avec effusion. C'est bon de te revoir, vieux.

Patrick jette un coup d'œil à l'horloge de la salle à manger et pouffe de rire.

— Vous exagérez, les gars. Ça fait à peine trois heures qu'on s'est quittés.

Je me force à ravaler l'émotion qui me chatouille la gorge. Je ne vais quand même pas me mettre à pleurer, là, dans ce stupide escalier. Patrick n'y comprendrait rien. D'un autre côté, je ne peux pas non plus lui dévoiler son futur accident et notre aventure. Mme Gascon me prendrait soit pour un crétin, soit pour un hurluberlu.

Je me mords la lèvre et ronge mon frein, résolu à reporter les explications à plus tard. Toutefois, Maxime ne fait pas preuve d'autant de patience.

— Tu ne devineras jamais..., commence-t-il imprudemment. Il nous arrive un truc absolument I-NOU-Ï. Imagine-toi que...

J'écrase discrètement les orteils de mon compagnon avant qu'il ait le temps de déballer notre abracadabrante histoire. Je lui désigne ensuite, du menton, la silhouette immobile de Mme Gascon, en bas.

— Je crois que ça peut attendre à demain, fais-je en détachant chaque syllabe. Patrick meurt de sommeil. Pas vrai, vieux ?

— Ouais, acquiesce l'interpellé. De toute manière, on se voit demain midi au café, après mon travail. Vous me raconterez toute l'affaire alors. D'ac ?

— Extra. Allez, vous deux. On s'en va.

Je tire doucement sur la manche de Caroline. Elle résiste un peu, puis consent enfin à quitter son nid de coton. Patrick l'écarte alors à bout de bras pour apprécier sa nouvelle tête.

— Pas mal, cette coiffure...

Notre ami s'interrompt brusquement

et considère Caroline en silence, le sourcil perplexe. Puis son regard se pose successivement sur Maxime et moi.

— Tiens, c'est drôle, reprend-il. Il me semble que vous avez grandi, tous les trois. Même Caroline me dépasse, tout à coup.

Je me fige. Et je remarque à mon tour que nous sommes maintenant plus grands que Patrick. Forcément, puisque nous sommes tous trois plus vieux de près de neuf mois.

Je bafouille la première explication saugrenue qui me vient à l'esprit.

— Mais non. Ce sont tes vertèbres qui se sont tassées pendant ton sommeil.

Je pousse Maxime devant, vers la sortie, et remorque Caroline à ma suite. Mme Gascon ouvre la porte toute grande avant que nous changions d'idée.

— Bonsoir, désolé pour le dérangement. À demain, Patrick.

Le battant se referme un peu

sèchement sur nos talons. Presque aussitôt, les pas de Mme Gascon s'éloignent sur le dallage du vestibule.

Maxime pouffe.

— Des vertèbres qui se tassent! Où es-tu allé la pêcher, celle-là?

J'oblige mon copain à descendre les marches du perron, pour que nous soyons hors de portée d'oreille des habitants du 502.

— Il fallait bien dire quelque chose, non? Nous n'allions quand même pas raconter notre incroyable aventure devant Mme Gascon! Elle nous aurait éconduits vertement, c'est sûr.

Caroline nous rejoint sur le trottoir. Son visage semble transfiguré. Elle passe un bras autour de mon cou et encercle de l'autre les épaules de Maxime.

— Les gars, Patrick est vivant. C'est fantastique! Il est vivant!

Je soupire profondément, désolé

48

de devoir jeter une douche froide sur l'enthousiasme de mon amie.

— Oui, mais pas pour très longtemps, j'en ai bien peur... Il est vivant ici, dans le passé. Seulement, dans le présent, c'est une autre histoire.

Le regard confiant de Caroline s'ennuage à ces mots. Elle s'écarte de nous, l'air rebelle, et serre les poings. Un peu comme si elle défiait un ennemi invisible.

— Il y a sûrement un moyen de changer le cours du destin, affirme-t-elle. C'est à nous de le trouver.

Parvenue à l'arrêt d'autobus, elle s'assoit sur le banc et enfouit sa tête entre ses deux mains pour mieux réfléchir. Nous nous sentons obligés d'en faire autant, Maxime et moi. Cependant, les minutes s'écoulent sans qu'aucun de nous apporte de l'eau au moulin. Maxime commence à bâiller, discrètement d'abord, ouvertement par la suite.

— Arrête, finit par s'impatienter Caroline. Tu vas m'engloutir. Je vois déjà tes amygdales.

Maxime tente de réprimer un nouveau bâillement, mais en pure perte. Sa bouche s'ouvre démesurément, comme celle d'un hippopotame. La contagion nous gagne. Nous sommes bientôt trois à avaler des mouches.

— Je propose que nous allions nous coucher, dis-je, terrassé de fatigue. Nous n'arriverons à rien ce soir. Nous avons eu une si longue journée.

— Entièrement de ton avis, m'appuie Maxime, aussitôt debout.

Je l'imite et tends la main à Caroline. Elle lève vers moi un regard anxieux.

— Nous devons trouver un moyen d'empêcher ce terrible accident, Hugo, prononce-t-elle, le front buté. Coûte que coûte.

Devant son regard grave, je me sens

tout à coup comme un déserteur qui abandonne un compagnon en pleine bataille.

— Il faut être raisonnable, Caroline, fais-je néanmoins. Nous sommes tous épuisés maintenant. Et puis, tu sais, la nuit porte conseil. Nous y verrons plus clair demain.

Caroline hoche lentement la tête et se met debout à contrecœur.

Nous venons à peine de quitter l'arrêt, toutefois, qu'une automobile grise nous dépasse, puis s'immobilise dans un crissement de pneus. La vitre s'abaisse et le visage furieux du père de Maxime apparaît dans l'encadrement de métal.

— Monte, ordonne-t-il à notre copain, les dents serrées. Et ne nous refais plus jamais un coup pareil. Ta mère est folle d'inquiétude depuis qu'elle a trouvé ta chambre vide, tout à l'heure. Elle te croyait couché.

— Mais papa..., commence Maxime.

M. Sénécal ouvre la portière.

— Dehors à une heure pareille, un soir de semaine ! s'indigne-t-il. Et ça n'a même pas treize ans ! Franchement, vous exagérez, les jeunes.

Maxime soupire, se glisse sur le siège du passager et claque la portière. L'auto démarre en trombe, nous abandonnant sur le trottoir, Caroline et moi.

— Pauvre Maxime, s'apitoie ma compagne.

— Ouais, il doit enrager de s'être fait gronder ainsi devant nous... Mais tout de même... Moi, j'en suis plutôt content.

— Hugo ! s'exclame Caroline, l'air réprobateur. Ce n'est pas gentil.

— Attends que je t'explique, fais-je pour couper court aux reproches. Depuis notre retour en arrière, je me demandais sans cesse si nous n'allions pas finir par tomber nez à nez avec nous-mêmes...

— Hein ?

— Mais oui, tu sais... Avec les Caroline, Maxime et Hugo du passé. Mais la scène de M. Sénécal nous prouve que nous avons pour ainsi dire pris leur place en reculant dans le temps.

Je jette un coup d'œil à la montre de ma compagne dans la lumière du réverbère.

— D'ailleurs, puisque c'est comme ça, je ferais mieux de rentrer à la maison avant que mes parents préviennent la police de mon absence. D'après mes calculs, il est déjà plus d'une heure et demie du matin...

J'entraîne mon amie. Nous nous remettons en route, d'un pas pressé. Cinq minutes plus tard, nous gravissons en silence les marches du domicile de Caroline.

— N'oublie pas, dis-je alors qu'elle insère sa clé dans la serrure. Rendez-vous demain midi au café.

Mais, contre toute attente, la poignée de porte refuse de tourner.

— Zut ! s'exclame Caroline avec humeur. Ce n'est pas la bonne clé. Je viens de me rappeler que mon père a changé la serrure l'automne dernier... euh, ou plutôt l'automne prochain... Enfin, tu sais ce que je veux dire...

— Eh bien, viens chez moi. Tu pourras dormir dans ma chambre. Je te ferai sortir en douce, demain matin. Ici, personne ne remarquera ton absence puisque tes parents sont encore en vacances.

Je mets le cap sur ma rue, Caroline dans mon sillage. Toutefois, je remarque, au bout d'un instant, que seuls mes pas martèlent le pavé. Je pivote sur mes talons. Mon amie est plantée au beau milieu du trottoir, l'air hébété. Je rebrousse chemin.

— Qu'est-ce que tu as ? fais-je, vaguement soucieux.

— Mes parents...

— Eh bien, quoi ? Ils sont encore en vacances, au bord de la mer...

— Justement. C'est bien ça, le plus grave. Car moi, je suis ici. Et si je suis ici, je ne peux donc plus me trouver là-bas, avec eux...

Chapitre 6

Une preuve irréfutable

Caroline triture nerveusement sa serviette de papier. Elle a fort peu dormi, cette nuit. Des cernes de mauvais sommeil soulignent ses yeux presque noirs.

— Mes parents vont sûrement s'imaginer que j'ai fugué s'ils ont trouvé ma tente vide, ce matin... Il faut que je leur donne un coup de fil pour les rassurer.

— Et comment vas-tu leur expliquer que tu as disparu de là-bas pour te retrouver ici, à mille kilomètres de distance ?

Caroline lance une boulette de papier sur la table, désabusée.

— Je ne sais pas.

La porte du café s'ouvre à ce moment, faisant tinter sa clochette. Maxime pénètre dans le commerce, avec un air de chien battu. Il s'approche de notre table et s'écrase à mes côtés, sur la banquette.

— J'ai eu droit à un vrai sermon, marmonne-t-il. Mon père était bleu marine, je vous jure.

— Ça pourrait être pire, crois-moi, soupire Caroline, qui sait de quoi elle parle.

— Enfin, ajoute Maxime, se résignant, c'est un mauvais moment à passer... Et puis, il faut avouer que c'est parfois rigolo, les retours en arrière.

— Tu trouves ? fais-je, sceptique.

— Mais oui. Ce matin, par exemple, j'ai croisé le facteur juste en face de chez moi. Eh bien, j'ai su qu'il allait tomber avant même qu'il ne trébuche. Je me suis souvenu de cette chute...

La clochette de la porte d'entrée grelotte de nouveau. Nous tournons la tête. Patrick est là, dans l'embrasure, qui nous salue gaiement, les écouteurs de son baladeur calés sur ses oreilles. Il longe le comptoir pour venir vers nous, attrapant au passage quatre menus graisseux.

— Salut, les amis, fait-il en glissant le serre-tête des écouteurs sur son cou. J'ai une de ces faims. Je sens que je pourrais dévorer un ours.

Le nouveau venu s'installe sur la banquette d'en face, près de Caroline. Maxime et moi sourions bêtement, tout comme notre copine d'ailleurs, nos problèmes momentanément envolés. C'est presque trop beau ! Patrick, assis là, parmi nous, comme si rien de grave ne pouvait jamais lui arriver.

— Sapristi ! s'exclame notre ami. Vous avez avalé votre langue ? Je vous trouve bien peu loquaces. Alors, cette histoire ?

Maxime est le premier à se remuer.

— Tu n'en croiras pas tes oreilles...

Patrick se penche vers lui au-dessus de la table, curieux.

— Je t'écoute...

Maxime ouvre la bouche, puis se ravise. Il se tourne vers moi.

— Vas-y, Hugo. Tu as vraiment le tour de raconter des histoires, toi.

Je prends une grande inspiration et entame mon récit. Au fur et à mesure que je progresse, les mâchoires supérieure et inférieure de Patrick s'éloignent l'une de l'autre.

— Voilà, fais-je, au terme de mon

compte rendu. Tu sais tout, maintenant.

Maxime, Caroline et moi avons le regard rivé sur les traits abasourdis de Patrick. Sa réaction tarde à venir. Il demeure vissé à la banquette, bouche bée.

Soudain, un son rauque monte de sa gorge. Puis un deuxième. Et un troisième. Ils se succèdent bientôt en une longue série de gargouillis... Un rire joyeux, indomptable.

— Mais enfin, Patrick, intervient Caroline, c'est sérieux.

De son bras gauche, notre ami entoure les épaules de sa voisine de banquette.

— Bien sûr, Caro, hoquette-t-il, hilare. Oh! elle est... bonne!

— C'est la vérité archivraie, insiste Maxime. Ainsi, moi, ce matin, avant que ça ne se produise, je savais que le facteur allait chuter.

Patrick s'esclaffe de plus belle.

— Où as-tu vu ça? Dans ta boule de cristal?

— Mais non, répond Maxime, vexé. Je m'en souvenais, tu comprends. J'avais déjà vécu ce moment.

Patrick essuie les larmes qui s'agglutinent à l'extrémité de ses paupières. Il retrouve apparemment son calme. Mais je vois bien, au tiraillement de sa lèvre, qu'il garde son sérieux à grand-peine.

— Bon, fait-il. C'est pour me raconter ça que vous m'avez réveillé au beau milieu de la nuit?

Caroline jette un regard effaré à notre copain.

— Tu ne nous crois pas! se désole-t-elle. Et pourtant, il le faut, Patrick. Nous devons absolument trouver ensemble un moyen de t'éviter ce terrible accident. Je ne veux pas que tu meures, moi...

La voix de Caroline se brise d'émotion. Notre amie secoue la tête avec véhémence, puis, n'y tenant plus, elle se faufile entre son voisin de banquette et la table. Elle s'enfuit vers la sortie, en larmes. Patrick la regarde faire avec une incrédulité teintée de malaise.

— Enfin, les amis..., s'écrie-t-il, en pivotant de notre côté. Elle est complètement farfelue, votre histoire. Arrêtez ce cirque. Ça ne me plaît pas du tout.

Je m'apprête à ouvrir la bouche pour protester quand une pétarade me coupe le sifflet. Je jette un coup d'œil par la fenêtre. Je vois alors une bagnole noire aux longues flammes jaune et vermillon s'amener sur la grande place. Marcel est assis au volant. Il fait le paon, naturellement.

— Tiens, c'est ton cousin, commente Patrick, momentanément distrait lui aussi par l'arrivée du bolide. Il doit déjà avoir fait dix fois le tour de la ville, ce matin.

La voiture contourne le monument aux morts et longe le café où nous sommes attablés. Elle ralentit l'allure pour s'engager dans l'allée qui mène au quai de plaisance.

Tout à coup, un déclic se fait dans ma tête.

— Mince ! Il va se garer juste devant la rivière, cet imbécile. Il faut que je l'avertisse.

Je bondis sur mes pieds, bousculant mon voisin de banquette.

— Maxime, laisse-moi sortir. Mais dépêche-toi, bon sang !

Je me suis à peine dégagé que Patrick m'agrippe le bras, au passage. Il a l'air vraiment ennuyé, cette fois.

— Ah non ! On devait dîner ensemble. Qu'est-ce que vous avez donc tous, aujourd'hui ?

L'urgence de la situation me fait hausser la voix.

— Marcel va oublier de mettre le frein à main. Sa bagnole va basculer dans la rivière. Il faut faire vite.

Mon air catastrophé semble ébranler Patrick. Il lâche mon bras et se lève à son tour. Je traverse aussitôt le restaurant et me rue dehors, mes deux amis à ma suite. Nous rejoignons Caroline qui se sèche les yeux, sur le trottoir.

J'aperçois Marcel. Il vient de garer sa voiture dans le stationnement du quai. Il claque la portière, enfouit les mains dans ses poches et s'éloigne, l'air suffisant.

Maxime et moi nous mettons à crier, les mains en porte-voix.

— Marcel ! Marcel ! Le frein ! Tu as oublié le frein !

Mon cousin s'arrête, cherche qui l'appelle, puis se tourne enfin vers nous. Nous lui faisons de grands gestes, lui désignant l'auto.

À ce moment précis, le véhicule se met à rouler vers la rivière. Lentement, tout d'abord, puis de plus en plus vite. Marcel lève les bras en l'air dans un geste désespéré et se lance à la poursuite de son bolide. Trop tard, cependant. La bagnole atteint le bord du quai. Elle reste en suspens un moment au-dessus du vide, puis pique du nez. Nous voyons les flammes jaune et vermillon disparaître dans une immense gerbe d'eau.

Patrick pose une main tremblante sur mon bras. Il a soudain l'air hagard. Comme lorsqu'on se réveille en plein cauchemar.

— Comment... comment as-tu su pour le frein ? demande-t-il, la voix faiblarde.

Maxime, Caroline et moi échangeons des regards entendus. Patrick nous dévisage tour à tour, puis finit par hocher la tête, lentement.

— D'accord, je vois... Vous pouvez me répéter votre incroyable histoire, dites ?

Chapitre 7

Contretemps

— Tu ne termines pas ton sandwich, vieux ?

Patrick secoue la tête et repousse son assiette du revers de la main. Sa jovialité habituelle semble avoir cédé la place à la consternation.

— Je n'ai plus faim, annonce-t-il du bout des lèvres.

Maxime s'empare du demi-sandwich et l'enfourne gloutonnement comme s'il n'avait pas mangé depuis un mois.

— Eh bien ! fait-il entre deux bouchées. Pour un gars qui parlait de dévorer un ours !...

— Vous m'avez coupé l'appétit avec votre histoire, soupire Patrick. Je n'ai pas envie de finir aplati par un coupé bleu, moi.

Caroline assène une claque sonore sur la table. La serveuse lui lance aussitôt un regard noir. La pauvre femme a encore sur le cœur notre départ précipité de tout à l'heure, je crois.

— Ne parle pas ainsi, Patrick, s'indigne notre amie. Il ne se produira pas, cet accident, je te le promets. Il y a forcément un moyen de changer le destin.

— Patrick n'a qu'à éviter l'intersection des rues Gardénia et du Verger, dorénavant, propose Maxime. Il ne peut pas y avoir d'accident si la victime n'est pas au rendez-vous, non ?

— Ouaaaais, réplique Patrick, sans grande conviction. Sauf que l'automobile me télescopera peut-être deux rues plus loin...

— Et si tu restais au lit, le jour de l'accident? dis-je, tout à coup inspiré. Tu n'as qu'à prétexter une grippe. Il ne peut rien t'arriver de fâcheux sous les couvertures, quand même.

J'ai à peine prononcé ces mots que Caroline saute sur ses pieds. Elle en renverse malencontreusement son verre. L'eau coule jusqu'au bout de la table, puis par terre. La serveuse jette à notre amie un regard franchement furieux, cette fois-ci.

— Je l'ai! s'exclame Caroline. Nous n'avons qu'à retourner dans le présent en emmenant Patrick avec nous. Ainsi, nous forcerons le destin. Qu'importe qu'il ait eu un accident le jeudi puisqu'il sera en un seul morceau et bien portant le lendemain.

— Tu es géniale, Caroline, lance Maxime, emballé. Absolument géniale.

Je plaque un bec retentissant sur la joue de notre amie, par-dessus la table.

— Je suis tout à fait de cet avis !

Le regard de Patrick erre de l'un à l'autre de nos visages. Il ne semble pas partager l'allégresse générale.

— Oui, mais comment faire pour retourner dans le présent ? s'inquiète-t-il.

Je lui réponds en baissant la voix. Les dîneurs des tables voisines ont en effet l'air de trouver notre conversation vraiment très étrange.

— Nous n'avons qu'à tourner l'aiguille du vieux réveil dans le bon sens. Je suis sûr que ça marchera.

Patrick bat des mains, soudain ragaillardi.

— Excellente idée !

— Il ne nous reste plus qu'à retrouver le réveil, conclut Caroline. Et s'il a atterri dans les ronces, c'est Maxime qui ira le chercher, bien entendu.

— Ouais, ouais, maugrée le principal intéressé, pour la forme. Assez de
bavardages. On a un horaire chargé,
cet après-midi.

Je tire un billet de ma poche et le
pose sur la table pour régler l'addition.
Les autres font de même. Nous avons à
peine quitté nos banquettes que la serveuse vient faire le décompte, suspi-
cieuse. Décidément, la confiance
règne...

Nous sortons du café et mettons le
cap sur la propriété du vieux Grégoire.
Nous jasons gaiement, exaltés par la
certitude d'avoir déjoué le destin. Rien
ne peut clocher par une aussi belle journée, sous un ciel bleu de carte postale.

Nous laissons la ville derrière nous.
Le soleil dessine des mirages, au loin,
sur la route. Une odeur de goudron
monte de l'asphalte brûlant et se mêle
aux émanations des camions qui nous
dépassent à toute vitesse. La chaleur est

telle que nous nous taisons bientôt, la bouche desséchée. Seuls les grillons s'en donnent à cœur joie dans cette fournaise.

— Voilà, nous y sommes presque, fait Caroline au bout d'un moment.

Patrick met sa main en visière. Il contemple la vieille maison délabrée qui se dresse à quelques centaines de mètres à peine.

— J'ai toujours rêvé de jeter un coup d'œil dans cette bicoque soi-disant hantée, déclare-t-il.

— Eh bien, riposte Maxime, sois patient. On va te la faire visiter dès que nous serons de retour dans le présent. Pour le moment, mieux vaut éviter d'y entrer. Le vieux Grégoire n'est vraiment pas commode, crois-moi.

Nous approchons de la propriété à pas de loup, redoutant de voir apparaître son occupant armé de sa terrible trique. Toutefois, nous avons bientôt franchi la distance qui nous sépare de la maison sans que le vieil homme se soit manifesté.

Nous nous cachons derrière la masse touffue des buissons, laissant échapper des soupirs de soulagement.

— Alors, Maxime ? s'enquiert Patrick. Où il est, ce réveil ?

— Quelque part par là. Je ne peux pas être plus précis. Il faisait nuit noire quand je l'ai lancé.

Maxime s'aplatit le nez au sol et plonge littéralement dans le hallier à la recherche du fameux réveil. Nous glissons à sa suite, Patrick, Caroline et moi, sous les buissons aux rameaux flasques de chaleur. Je me mets à sonder l'enchevêtrement de branches et de racines rampantes, du bout des doigts. Pas une parcelle de terrain n'échappe à mon enquête. Les minutes s'égrènent pourtant, de plus en plus nombreuses, sans l'ombre d'un réveil.

Je m'extrais des buissons, détrempé

de sueur et plutôt démoralisé. Presque aussitôt, la tête échevelée de Maxime émerge du hallier. Je vois instantanément, à son expression maussade, que celui-ci n'a pas obtenu plus de succès que moi.

— Il ne s'est quand même pas évanoui, ce vieux bidule, ronchonne-t-il.

Je m'apprête à lui répondre lorsque je remarque une camionnette garée devant l'allée de la ferme voisine. L'homme qui en descend se met à fouiller dans un tas de vieilles affaires mises au rebut au bord de la route.

— Qu'est-ce qu'il fait là, ce type ? dis-je, ma curiosité éveillée.

— Il collectionne les vidanges, d'après ce que je peux voir, répond mollement mon copain, sans grand intérêt.

L'homme ramasse un cadre à moitié disloqué de la pile de détritus. Il le soupèse, le tourne dans tous les sens, puis lance sa trouvaille dans la boîte arrière de son véhicule, apparemment satisfait. Il s'assoit ensuite derrière le volant et quitte l'accotement, laissant derrière lui un nuage de poussière. La camionnette passe devant nous dans un concert d'amortisseurs défoncés. Nous avons à peine le temps de lire le lettrage barbouillé de crasse sur la portière.

— Voilà ta réponse, fait Maxime, en regardant s'éloigner le véhicule. C'est le gars du marché aux puces. Il ramasse des vieilleries sur le bord des routes et les revend à...

Les mots se figent sur les lèvres de mon ami. Il bondit sur ses pieds, sans se soucier davantage du vieux Grégoire qui peut l'apercevoir d'une fenêtre.

— Le réveil! gémit-il. Je gagerais mon argent de poche qu'il est en route pour le marché aux puces!

Chapitre 8

Une antiquaille
à deux cloches

Nous courons sur le bas-côté de la route, nos t-shirts collés sur le dos par la chaleur. La camionnette du marché aux puces s'est immobilisée sur le bord du fossé, un peu plus loin. Son conducteur en est descendu pour inspecter une vieille grange abandonnée et à moitié effondrée. Il cherche sans doute de nouveaux trésors.

— Zut ! s'écrie tout à coup Maxime, haletant. Le voilà qui revient... vers sa camionnette.

Notre ami, excellent coureur, redouble d'ardeur et nous devance, Caroline et moi.

Quant à Patrick, habituellement le plus rapide du groupe, il est à la queue du peloton. Il faut dire que nous sommes maintenant plus grands que lui.

L'homme du marché aux puces grimpe dans sa camionnette et claque bruyamment la portière.

Je me mets à crier de toutes mes forces pour l'empêcher de reprendre la route. Cependant, le vrombissement du moteur couvre ma voix.

Maxime se lance dans un dernier sprint, ventre à terre. Il agrippe, de sa main tendue, le montant arrière de la camionnette au moment où celle-ci s'ébranle. Le moteur rugit, le véhicule prend peu à peu de la vitesse. Je crains que l'accélération n'oblige notre copain à lâcher prise. Mais celui-ci est tenace. Il se soulève à force de bras, pose le pied sur le pare-chocs et plonge dans la boîte ouverte.

Je désespère de rejoindre Maxime lorsque le véhicule s'arrête brusquement, dans un crissement de pneus. Le conducteur vient vraisemblablement d'apercevoir notre ami dans son rétroviseur.

L'homme ouvre la portière d'une violente poussée et saute par terre. Il semble furibond.

— Descends de là, toi, aboie-t-il à l'adresse de Maxime alors que nous arrivons à sa hauteur. Tu m'entends ? Non, mais on n'a pas idée de...

Le conducteur débite une litanie de jurons tous plus imagés les uns que les autres. Maxime n'a d'autre choix que d'obéir à la semonce. Il enjambe le hayon arrière et se laisse choir sur la chaussée.

L'homme semble alors reprendre un peu son calme.

— Et d'abord, qu'est-ce que vous maniganciez ? nous demande-t-il, à la ronde.

— Nous cherchons un réveil, le renseigne Patrick.

— Oui, dis-je. Vous savez, un de ces trucs antiques à deux cloches qui sonnent à déranger un mort ? En bronze taché de vert-de-gris. Vous n'en auriez pas trouvé un, aujourd'hui, par hasard ?

— Me rappelle pas, grommelle le bonhomme, visiblement de mauvaise foi. Je n'ai pas que ça à faire, moi, tenir des inventaires.

— C'est d'une grande importance pour nous, monsieur, plaide Caroline, d'une voix pressante. Il nous faut absolument ce réveil.

L'employé du marché aux puces regagne son siège, insensible aux prières de notre amie. Il claque sèchement la portière.

— Alors vous n'avez qu'à passer à la boutique, fait-il, par-dessus la vitre baissée. Elle est ouverte de neuf heures à seize heures trente. Allez, bon vent !

L'homme tourne la clé dans le contact. Le moteur tousse et crache, la camionnette se met de nouveau en marche. Je la regarde s'éloigner, impuissant.

— Misère de misère ! lâche Caroline en trépignant. Voilà que le réveil hanté nous échappe.

Je donne un grand coup de pied frustré dans la poussière de l'accotement. Patrick, quant à lui, enfouit les mains dans ses poches, vivement déçu. Seul Maxime ne semble pas trop perturbé par l'échec. Un sourire se dessine même sur ses lèvres sèches.

— Tu as l'air de bien prendre la chose, toi, fais-je avec humeur.

Maxime hoche la tête, puis soulève son ample t-shirt, sans mot dire. Un morceau de métal oxydé dépasse de son bermuda, coincé sous la ceinture.

— Le réveil! s'exclame Caroline. Il l'a récupéré. Maxime, tu es un as!

Nous félicitons chaudement notre copain, ravis. Celui-ci retire l'antiquité de son vêtement. Il la frotte machinalement sur son t-shirt.

— Nous sommes prêts pour le grand voyage, maintenant, déclare-t-il.

— Mieux vaut nous installer derrière cette vieille grange, suggère Patrick. Sinon, nous risquons de faire mourir quelqu'un d'une syncope en disparaissant.

Nous empruntons le chemin raboteux de la vieille propriété. Nous contournons la grange à moitié effondrée.

— Voilà. Ici, c'est parfait.

Je me laisse tomber dans l'herbe folle, imité aussitôt par mes compagnons.

— Bon. Voyons voir..., réfléchit tout haut Caroline. Nous devons en principe tourner l'aiguille dans le sens horaire.

— J'imagine, oui, confirme Maxime.

Patrick et moi acquiesçons de la tête.

— Alors, reprend notre amie, il faut calculer le nombre de jours entre le passé et le présent, puis multiplier le tout par vingt-quatre...

— Erreur, objecte Patrick. Le nombre de jours doit être multiplié par deux. Tu oublies qu'il ne reste au cadran que l'aiguille des heures. Un tour complet équivaut à douze heures, donc deux tours égalent une journée.

— Quelqu'un a de quoi écrire ? s'enquiert Maxime.

Nous fouillons nos poches. En pure perte, cependant.

— On risque de se tromper si l'on calcule sans papier ni crayon, se désole Caroline.

J'avise, un peu sur ma droite, les restes d'un feu. J'étire la main et ramasse quelques bouts de bois calcinés. Je raye alors le mur de la grange d'une large trace de suie.

— J'ai ce qu'il faut, dis-je triomphalement.

— Extra ! répondent les autres avec enthousiasme.

Nous nous lançons dans de savants calculs. Le mur de planches ressemble bientôt à un tableau noir encombré de gribouillis.

— Voilà, fais-je au bout d'un moment. Il y a exactement cinq cent dix-huit tours d'aiguille entre aujourd'hui et le 15 mai, le jour suivant l'accident. Tout le monde est d'accord ?

Mes compagnons hochent la tête en signe d'assentiment. Je m'adresse alors à Maxime.

— À toi l'honneur, puisque tu as retrouvé le réveil. Tu n'as qu'à tourner l'aiguille cinq cent dix-huit fois. Pas une de plus, pas une de moins.

— Attendez ! s'écrie Caroline. Nous devons nous toucher les uns les autres comme hier, au moment de la rafale. Ça serait vraiment trop bête d'oublier quelqu'un derrière.

J'enlace les doigts de Patrick et de Caroline. Mes amis posent leur main libre sur les genoux de Maxime.

Celui-ci commence à tourner solennellement l'unique aiguille du vieux réveil. Nous joignons notre voix à la sienne pour compter les tours.

— Un, deux, trois, quatre...

Maxime accélère l'allure. Les minutes succèdent aux secondes.

L'aiguille tourne et tourne encore. Nous approchons du compte final.

— ... Cinq cent seize, cinq cent dix-sept, cinq cent dix-huit.

Maxime immobilise l'aiguille. Nos doigts s'étreignent très fort.

Je courbe instinctivement les épaules pour me protéger du vent violent qui nous propulsera dans le présent. Cependant, à ma grande surprise, rien ne se produit. L'air brûlant du mois d'août nous enveloppe toujours. Et le casse-croûte, là-bas, est encore absent.

Nos espoirs de départ s'effritent soudain.

Caroline soupire bruyamment.

— Nous éprouvons un problème technique, je crois...

Chapitre 9

Question de décor

Nous longeons le mur nord de la maison en prenant soin d'éviter les fenêtres. Le moindre bruissement de feuilles, le plus léger craquement nous font sursauter.

— J'ai froid dans le dos à l'idée de remettre les pieds là-dedans, chuchote Maxime. Ce vieux fou n'hésitera pas à nous fracasser le crâne s'il nous surprend.

— Nous n'avons pas le choix, riposte Caroline. Il faut tenter l'expérience dans la chambre verte, cette fois-ci.

— Et si ça ne marche pas davantage, là-haut? demande Patrick, lugubre. C'est peut-être impossible de retourner dans votre présent, après tout.

Ces paroles éperonnent Caroline. Elle agrippe notre ami aux épaules.

— Ne dis pas ça, lui ordonne-t-elle. Il faut avoir confiance.

Sa détermination redonne courage à Patrick. Il sourit vaillamment.

— D'accord. Je vais aller en éclaireur.

— Sois prudent, l'avertit Maxime. Si le vieux te voit, notre plan est fichu.

Patrick acquiesce, puis se glisse le long du mur. Nous le suivons jusqu'à l'angle de la grande galerie couverte.

Notre compagnon jette un regard furtif du côté est.

— La voie est libre, nous rassure-t-il.

Il monte lentement l'escalier de la

galerie et s'aplatit contre la façade. Il avance ainsi, les genoux à demi pliés, jusqu'à la première fenêtre. Il s'accroupit dessous et risque un coup d'œil à l'intérieur.

Il secoue la tête. Personne.

Patrick reprend sa progression le long du mur. Il passe la porte, puis s'arrête au coin de la seconde fenêtre pour sonder la pièce du regard. Il se tourne ensuite dans notre direction et nous invite à le rejoindre. Il pose l'index sur sa bouche pour nous recommander le silence le plus total.

Nous gravissons à notre tour l'escalier de la galerie, à pas prudents. Patrick nous rencontre devant la porte.

— Il y a un vieux bonhomme endormi dans un fauteuil, chuchote-t-il. C'est sans doute votre M. Grégoire.

— Tu es sûr qu'il dort? fais-je, inquiet.

— Positif. Il ronfle à en avaler son dentier. Nous nous concertons tous du regard.

— Grégoire ou pas, il faut y aller, décide Caroline.

Notre amie referme sa main sur la poignée antique et la tourne lentement. Le battant bouge lorsqu'elle le pousse.

— C'est ouvert, murmure Caroline.

Nous pénétrons dans la vieille maison aux odeurs de poussière, agglutinés derrière notre copine.

Le vieux Grégoire est avachi dans un profond fauteuil de velours mité, au salon, la tête renversée en arrière. Des ronflements incroyables, semblables à des grincements de penture, émanent de son gosier. Pas de doute, il dort. Et dur.

— Quel concert ! se réjouit Maxime à mon oreille. Il ne risque pas de nous entendre avec un boucan pareil.

Mes amis me précèdent dans le vieil escalier de bois. Les marches ont beau craquer affreusement, elles concurrencent à peine le solo guttural du dormeur.

Je m'avance vers l'escalier sans quitter le vieil homme des yeux. Mal m'en prend, cependant, car au passage mon pied accroche une cruche en métal.

Je me précipite bien inutilement vers le récipient pour le retenir. Il bascule et s'écrase au sol, résonnant comme un gong. Grégoire exécute un véritable saut de carpe, du fond de son fauteuil, et ouvre brusquement les yeux. Sa figure craquelée se plisse alors dans une terrible grimace.

— Encore toi, garnement !

Le vieil homme se soulève à moitié sur un bras et se penche au-dessus de l'accoudoir élimé. Il ressort alors, de derrière le meuble ancien, son inséparable trique.

Je me sens pétrifié sur place. Heureusement, Maxime rebrousse chemin et agrippe mon t-shirt. Il m'attire dans l'escalier.

— Viens vite, Hugo. Ne reste pas là.

Je monte les marches quatre à quatre, sur les talons de Maxime. Patrick et Caroline nous encouragent à nous hâter davantage, penchés par-dessus la balustrade de l'étage. Nous les rejoignons sur le seuil de la chambre verte.

— Je vous aurai, gredins, affirme le bonhomme, en bas.

Je pousse mes amis dans la pièce et referme le battant sur nous. Les savates du vieux Grégoire font déjà craquer furieusement les marches de l'escalier.

Mes mains s'activent sur le loquet, tentant désespérément de verrouiller la porte. Dehors, les pas se rapprochent. Des gouttes de sueur se forment sur mon front.

La poignée se met à tourner au moment même où je réussis à glisser le verrou. Grégoire secoue la porte, aussi brutalement que le permettent ses bras malingres.

— Sales vauriens ! jappe-t-il de l'autre côté. Je trouverai bien un moyen de vous sortir de là.

— Dépêchons-nous, gémit Caroline, les yeux rivés sur la porte qui s'ébranle. Il va appeler la police et nous faire expulser.

— Impossible, intervient Maxime. Il n'a pas le téléphone.

Soudain, poings et pieds cessent de marteler le battant, dans le corridor. Nous entendons un bruit de pas qui s'éloignent.

— Je vais chercher ma carabine, rugit le vieux, de l'escalier. On verra bien qui va sortir la tête la première.

— Sa carabine ! dis-je, mon cœur battant la chamade. Vite, aidez-moi. Il faut l'empêcher d'entrer.

Je me précipite sur un fauteuil et le pousse contre la porte. Mes amis me prêtent main-forte. Un entassement hétéroclite bloque bientôt l'accès à la chambre.

Maxime s'assoit en tailleur à même le sol.

— Joignons-nous les mains. Le temps presse.

Nous nous installons rapidement en demi-cercle autour de notre copain et faisons une nouvelle fois la chaîne. Maxime commence aussitôt à tourner l'aiguille et à compter, en accéléré cette fois-ci.

Nous entendons soudain, à travers le concert de nos voix, un remue-ménage en provenance d'en bas, de portes d'armoires que l'on ouvre et ferme. La main de Patrick étreint la mienne plus fermement.

— ... trois cent soixante-douze, trois cent soixante-treize...

Maxime tourne l'aiguille si vite que nous avons peine à le suivre. Tout à coup, des craquements nous parviennent de l'autre côté de la barricade. Le bruit s'amplifie peu à peu.

— Il monte, chuchote Caroline, délaissant momentanément le compte des tours d'aiguille.

— ... quatre cent quatre-vingt-dix-sept, quatre cent quatre-vingt-dix-huit...

Nos regards convergent vers la porte. Nos membres sont tendus comme des cordes de violon. Soudain, un déclic inquiétant résonne dans le couloir.

— Il a vraiment une carabine, lâche Patrick, énervé. Il vient d'armer le chien.

— ... Quatre cent quatre-vingt-dix-neuf, cinq cents..., continuent Maxime et Caroline, blancs comme des draps.

Une détonation nous crève quasiment les tympans, si forte que la porte grince dans ses pentures. Des étincelles

mêlées à des échardes de bois jail-
lissent du trou de la serrure.

— Il est fou, dis-je, le souffle court.
Il aurait pu nous blesser.

Le déclic de la carabine se fait de
nouveau entendre, de l'autre côté du
battant. À cet instant précis, mes
voisins cessent de compter.

La vie semble suspendue pendant
quelques fractions de seconde. Tout à
coup, le bruit insolite d'un évier qui
se vide s'élève dans le silence. Puis,
presque aussitôt, un vent violent balaie
la pièce...

Chapitre 10

Réussite
ou échec ?

La terrible bourrasque se calme. La poussière, momentanément dérangée, retombe sur les meubles en une fine pluie grise.

Caroline abandonne ma main et peigne, de ses doigts tremblants, sa chevelure décoiffée.

— Je crois... je crois que ça y est, avance-t-elle faiblement.

Je jette un coup d'œil rempli d'appréhension à la porte. Mes amis font de même. Mais tout est maintenant tranquille de l'autre côté du battant.

Maxime embrasse le vieux cadran de bronze. Il lève les bras en l'air dans un geste triomphant.

— On a réussi. Nous sommes revenus au 15 mai. Et Patrick est toujours des nôtres. Ouais !

Nous nous joignons tous à l'allégresse de Maxime. Ce ne sont, pendant cinq bonnes minutes, que poignées de main et accolades. Cette chère Caroline est la plus émue d'entre nous. Elle couve Patrick d'un regard attendri, pleurant et riant à la fois.

— Il était moins une, dis-je dans un soupir de soulagement lorsque nos effusions se sont un peu calmées. Quelques secondes de plus et cet hurluberlu nous réduisait en bouillie pour les chats.

— J'ai vraiment cru que la porte allait voler en éclats avant que nous ayons pu nous échapper, s'exclame Maxime, tout guilleret.

— Et moi donc ! renchérit Patrick. Quel ours, cet homme !

Je remarque tout à coup que Caroline s'est sensiblement éloignée de nous, le visage rembruni. Elle fixe le plancher, le regard vague, les sourcils froncés.

— Eh bien, dis-je, tu en fais une tête...

— Silence, m'interrompt Caroline. J'ai entendu du bruit en bas.

— Ah non ! s'écrie Maxime. Tu radotes, ma vieille. Tu nous l'as déjà faite, celle-là, il n'y a pas si long...

Patrick lève brusquement la main.

— J'ai entendu quelque chose, moi aussi, s'interpose-t-il.

Il a à peine terminé sa phrase qu'un formidable tohu-bohu nous parvient du rez-de-chaussée.

Une inquiétude mêlée d'incrédulité se peint aussitôt sur les traits de mes compagnons.

— Le vieux Grégoire est en bas, bafouille Caroline en s'étranglant presque. Notre retour dans le temps n'a pas fonctionné.

— Mais c'est impossible, fais-je, dans un filet de voix. Vous avez bien entendu ce bruit d'évier, vous aussi. Vous avez senti la rafale...

Patrick hoche vigoureusement la tête. Il refuse, tout comme moi, de conclure à l'échec de notre entreprise.

— Et si l'on avait involontairement emmené le vieux avec nous? suppose-t-il.

Maxime se lève d'un bond, puis se rue vers la porte.

— Où vas-tu? demande Caroline.

Notre copain écarte impatiemment les meubles qui constituent notre barricade de fortune.

— Je veux en avoir le cœur net.

— Et si le vieux Grégoire est vraiment en bas ? s'inquiète Caroline, la voix menue.

— Eh bien, qu'est-ce qu'on peut y faire ? On ne va pas rester ici à attendre qu'il vienne nous canarder de nouveau. Mieux vaut le battre de vitesse à la sortie.

Patrick acquiesce et se joint à Maxime dans son entreprise de démolition. Nous les aidons un peu à contre-cœur, Caroline et moi.

La porte est bientôt libérée de son encombrement. Maxime tourne la poignée à moitié arrachée par la décharge de chevrotine et entrebâille le battant. Il jette un coup d'œil furtif dans le corridor.

— Il n'y a personne. Allons-y.

Nous nous glissons jusqu'au haut de l'escalier et descendons les marches une à une, lentement, notre respiration suspendue.

Un vacarme insolite, métallique, se poursuit en bas, un peu sur notre gauche. On dirait que le vieux Grégoire s'occupe tout à coup à mettre la maison sens dessus dessous.

Maxime s'immobilise au beau milieu de l'escalier.

— Je vais aller devant pour voir ce qu'il fabrique, murmure-t-il, si bas que nous devons presque lire les mots sur ses lèvres. Dès que je vous fais signe, fuyez.

Nous descendons les dernières marches à la file indienne. Puis Maxime s'avance davantage, pas à pas, jusque devant l'embrasure de la pièce de gauche.

Nous retenons notre souffle, les yeux rivés sur le visage crispé de Maxime. Subitement, celui-ci laisse échapper une exclamation stupéfaite. Puis, contre toute attente, il éclate d'un rire joyeux.

— Des rats, s'esclaffe-t-il gaiement. Des rats énormes dans les casseroles. Quel boucan ils font !

Nous échangeons des regards ahuris, Caroline, Patrick et moi.

— Mais alors..., bredouille Caroline.

Notre amie se faufile entre la rampe d'escalier et moi, puis se rue dehors. Nous la rejoignons sur la grande galerie couverte.

Une bâtisse fort laide de tôle ondulée orange et beige se dresse à moins d'un demi-kilomètre de la maison.

Caroline joint les mains, transportée de joie.

— Quelle merveille, ce casse-croûte !

Chapitre 11

Hors cible

— Brrr ! fait Maxime qui grelotte. Ça paraît que nous ne sommes plus en août. Le vent est plutôt frisquet.

Nos t-shirts, détrempés par la transpiration d'une belle journée d'été, nous glacent maintenant jusqu'aux os.

— Nous aurions dû prendre notre veste, maugrée Caroline, secouée par une brève quinte de toux. Je suis gelée.

Je renfonce la tête entre les épaules. Patrick, lui, cale sa casquette jusque sur ses yeux pour se protéger du vent.

— Ce n'est pas moi qui me plaindrai, déclare-t-il. Je suis vraiment trop heureux d'avoir évité l'accident.

— Patrick a raison, dis-je. Au lieu de grogner, nous devrions nous réjouir que notre voyage dans le temps ait si bien réussi. Nous sommes ensemble, tous les quatre, et tout danger est maintenant écarté.

Les autres hochent la tête, entièrement d'accord avec mes paroles, mais tout de même frigorifiés.

— Que diriez-vous d'aller boire un bon chocolat chaud au café ? suggère Caroline. Ça nous réchaufferait un peu. Et puis, il faut fêter notre succès.

— J'en profiterais bien pour prendre une petite collation, précise Maxime, sans contredit le plus gourmand du groupe. J'ai l'estomac dans les talons, moi, après toutes ces émotions.

Nous bifurquons vers le centre-ville, heureux de renouer avec nos vieilles habitudes.

Nous nous arrêtons à la porte du café, désert à cette heure de l'après-midi, puis y pénétrons. La serveuse tarde à se manifester, occupée qu'elle est à ranger la vaisselle dans la cuisine.

Maxime se laisse tomber sur une banquette. Nous l'imitons volontiers.

— Ouf! soupire-t-il. Je me sens déjà mieux.

Caroline se rapproche du radia-teur, frissonnante.

— Pauvre Caroline! dis-je, compatissant. Tu as vraiment pris froid.

— Et j'ai mal à la gorge, en plus. J'en serai quitte pour un bon rhu...

Notre amie s'interrompt, le souffle coupé par une nouvelle quinte de toux.

— Il te faut des pastilles, affirme Patrick. Je vais en chercher. J'en ai pour quelques minutes. Commandez-moi un chocolat chaud en attendant.

Caroline lève la main pour protester, mais Patrick s'est déjà précipité à l'extérieur du commerce.

Je tape dans le dos de ma voisine pour l'aider à reprendre haleine.

— Ça va mieux. Merci, Hugo. J'ai juste besoin de me réchauffer un peu... Que fabrique donc la serveuse?

Je m'extirpe de la banquette et m'approche du comptoir pour signaler notre présence.

— Madame...

— Oui, oui, voilà, ronchonne l'employée du café, toujours la même. Un peu de patience. Vous voyez bien que je suis occupée.

Je vais me rasseoir à ma place, plutôt déconfit de m'être fait répondre si vertement.

— Elle est aussi aimable qu'un bouquet d'épines, commente Maxime pour rigoler.

Un vacarme de vaisselle cassée nous parvient tout à coup des cuisines, suivi d'un juron à peine étouffé.

— Oups ! s'esclaffe Maxime. Voilà qui ne va sûrement pas améliorer l'humeur de la dame.

La serveuse apparaît de l'autre côté du comptoir, l'œil sombre, et s'essuie les mains sur son tablier. Elle ramasse ensuite crayon et calepin de commandes, puis longe la série de banquettes d'un pas lourd.

— Oui ? rugit-elle presque, encore sous le coup de l'émotion. Qu'est-ce que vous allez prendre ?

— Euh…, fais-je, impressionné malgré moi par le regard irrité de la femme. Quatre chocolats chauds, s'il vous plaît.

— C'est tout ? demande-t-elle

brusquement, sans doute indignée de s'être fait déranger pour si peu.

Je hoche la tête, penaud. Je ne peux quand même pas manger sans appétit juste pour lui faire plaisir.

— Moi, j'ai un petit creux, intervient Maxime. Qu'est-ce que vous avez comme desserts du jour ?

— Tarte aux fraises, pouding à la vanille, pouding au riz, salade de fruits, coupe glacée au chocolat, crème caramel, récite la femme d'un ton pressé et ennuyé.

Maxime lève les sourcils, l'air un peu perdu. Il n'a vraisemblablement pas retenu un traître mot de cette trop rapide énumération.

La serveuse soupire bruyamment et déplace le présentoir du menu du jour jusque sous ses yeux.

— Fais-moi signe quand tu te seras enfin décidé, lance-t-elle avant de s'éloigner.

— Un peu plus et elle te mordait le nez! s'exclame Caroline lorsque le dragon a réintégré son repaire, du côté des cuisines.

Maxime hausse les épaules et se penche sur le présentoir de plexiglas.

— Ah zut! lâche-t-il, au terme d'une brève consultation. Elle m'a refilé un vieux menu.

Notre ami s'extrait impatiemment de la banquette et se dirige à son tour vers le comptoir.

— Madame, appelle-t-il.

La femme pousse la porte battante de la cuisine. Une bonne odeur de chocolat chaud nous chatouille alors agréablement les narines.

— Et puis? Qu'est-ce que monsieur prendra? ironise-t-elle.

— Vous m'avez donné le menu d'hier, se plaint Maxime.

La serveuse croise les bras.

— Dites donc, les jeunes! Vous avez

juré de me faire perdre mon temps aujourd'hui, ou quoi !

— Mais regardez, insiste Maxime. C'est le menu du 14 mai.

— Voyez-vous ça ! Et tu sais pourquoi ? Parce que nous sommes le 14 mai aujourd'hui.

Caroline et moi bondissons sur nos pieds dans un même mouvement de panique.

— Quoi ?

La serveuse ramasse un journal abandonné par un client sur le comptoir. Elle le glisse jusqu'à nous et retourne à ses fourneaux non sans proférer, en sourdine, quelques injures bien senties à l'égard des jeunes écervelés que nous sommes.

Maxime arrache fébrilement le quotidien du comptoir.

— Jeudi, 14 mai, y lit-il, les traits décomposés. Oh non ! Nous nous sommes trompés d'un jour.

— Mais c'est impossible, s'écrie Caroline. Nous avons calculé ensemble le nombre de tours d'aiguille. Nous n'avons quand même pas fait erreur tous les quatre en même temps.

Je réfléchis à cette énigme avec l'énergie du désespoir. Tout à coup, une certitude explose dans mon cerveau survolté, aveuglante.

— Le mois de février…, fais-je, dans un balbutiement.

Les deux autres me dévisagent, déroutés.

— C'est une année bissextile. Février avait vingt-neuf jours cette année. Et nous, nous en avons compté vingt-huit !

Nous échangeons des regards affolés, tous les trois. Puis, spontanément, nous levons les yeux vers l'horloge murale.

— Trois heures quarante-cinq, gémit Maxime. Presque l'heure de l'accident !

Chapitre 12

Point de mire

Nous nous bousculons à la porte du commerce, malades d'anxiété. À peine entendons-nous les protestations furieuses de la serveuse qui arrive avec un plateau couvert de tasses de chocolat au lait fumant.

— Comment avons-nous pu ? Comment avons-nous pu, ne cesse de répéter Caroline, horrifiée.

— Il faut à tout prix retrouver Patrick avant que ce coupé bleu ne croise sa route, fais-je d'un ton pressant. Où croyez-vous qu'il soit allé ?

— Pour des pastilles ? réfléchit tout haut Maxime. À la tabagie, au dépanneur ou à la pharmacie.

— Le dépanneur est celui des trois commerces qui est situé le plus près d'ici, déclare Caroline.

— Mais la tabagie appartient à son oncle, rétorque Maxime. Patrick y va souvent.

— Toutefois, c'est à la pharmacie qu'on trouve le meilleur choix de pastilles, dis-je en conclusion.

— L'intersection où a eu lieu l'accident de Patrick est à deux coins de rue de la pharmacie, ajoute Caroline, la voix éteinte.

J'acquiesce du menton, mais je décide néanmoins de ne rien laisser au hasard. Les enjeux sont beaucoup trop importants.

— Séparons-nous, dis-je. Maxime,

tu vas à la tabagie, Caroline, au dépanneur. Moi, je m'occupe de la pharmacie. Et surtout, surtout, si vous voyez Patrick, empêchez-le coûte que coûte de mettre le pied dans la rue.

Les autres pivotent sur leurs talons sans discuter et se précipitent vers leur commerce respectif. Moi, je traverse le boulevard et longe rapidement les devantures.

Je jette un coup d'œil à travers la grande baie vitrée de l'épicerie, à tout hasard. Nulle trace de Patrick de ce côté.

Je m'apprête à tourner dans la rue Gardénia lorsque des exclamations de panique fusent loin derrière moi, sur ma gauche. Je fais volte-face, craignant le pire.

Un curieux spectacle, qui m'aurait paru carrément saugrenu en d'autres circonstances, capte aussitôt mon attention.

Caroline a rebroussé chemin. Elle gesticule, les bras en l'air comme deux drapeaux déployés au grand vent, la bouche ouverte sur des cris terrifiés. Je la vois plonger dans la mer d'automobiles immobilisées au feu rouge du boulevard. Elle se fraie un chemin, dans un tortueux slalom, entre les pare-chocs rapprochés.

Je délaisse mon itinéraire premier et reviens sur mes pas à vive allure. Je sonde des yeux les groupes de piétons. Mais je n'aperçois Patrick nulle part, ni parmi les gens qui traversent ni parmi ceux qui attendent le signal, de l'autre côté.

Caroline continue sa course folle entre les automobiles sans se soucier des regards furieux et indignés des conducteurs. Tout à coup, au moment même où le feu vire au vert, je la vois se jeter sur une voiture, dans la file du centre. Un coupé bleu. UN COUPÉ BLEU !

Je bondis en avant pour prêter main-forte à mon amie. La pauvre s'est agrippée à la poignée de portière de l'automobile. Elle la secoue furieusement pour forcer le conducteur à sortir de son véhicule ou, à tout le moins, pour l'empêcher d'avancer. Cependant, autour, l'impatience gronde. Les automobilistes se mettent à klaxonner dans un concert cacophonique. Ceux qui sont bloqués au milieu enragent de ne pouvoir reprendre leur route. Les autres, dans la file de gauche, évitent de justesse mon amie en décrivant de dangereux demi-cercles.

Plusieurs des conducteurs retenus contre leur gré derrière le coupé bleu arrivent à se faufiler dans la voie de droite. La circulation y est très dense tout à coup. Je dois ronger mon frein et attendre, pour rejoindre Caroline, que l'artère se soit désengorgée.

Mon amie tient bon, le corps plaqué contre la portière, solidement accrochée à la poignée. Je l'entends qui supplie le chauffeur de ne pas repartir.

Je profite d'une accalmie dans la circulation pour courir jusqu'à la voie médiane. Au moment même où j'atteins le coupé bleu, le conducteur baisse sa vitre de quelques centimètres.

— Qu'est-ce qui vous prend, jeune fille ? demande un vieux monsieur à l'air scandalisé. En voilà des manières !

Je sens subitement ma figure se vider de tout son sang. Mes jambes fléchissent malgré moi. Je m'appuie à la carrosserie.

— Caroline, dis-je. Ce n'est pas l'automobile de l'accident. Le conducteur était un tout jeune homme.

Mon amie me considère un moment en silence, d'un air incrédule. Puis son regard erre soudain au-delà de mon épaule. Ses traits se brouillent alors d'épouvante.

— Là-bas, fait-elle, son index pointé

vers la cause de cette soudaine terreur.

Je tourne sur moi-même.

Un coupé bleu, identique à celui de notre otage, est immobilisé au coin suivant du boulevard, en sens inverse. Son clignotant indique hors de tout doute qu'il va tourner dans la rue Gardénia. La rue de l'accident.

J'abandonne Caroline, le véhicule et son conducteur exaspéré pour regagner précipitamment le trottoir. Je me mets alors à courir follement, ventre à terre. J'exhale comme un cheval de course aux naseaux fumants. Cependant, là-bas, à l'intersection, le feu passe au vert. Le coupé bleu s'ébranle, puis s'engage dans la rue Gardénia, me battant de vitesse. Il accélère alors sensiblement l'allure, me distance et disparaît dans la côte.

Je prie le ciel pour que le véhicule soit momentanément retenu par un feu rouge à l'intersection suivante.

C'est ma seule chance de le rejoindre.

Je me mets à dévaler à mon tour la forte pente de la rue Gardénia. Le coupé bleu est là, arrêté au beau milieu de la côte, au feu de circulation. Cependant, à l'instant même où j'arrive à sa hauteur, il se remet lentement en mouvement. Je voudrais bifurquer à gauche, dans la rue, pour l'obliger à freiner, mais mon formidable élan m'entraîne en ligne droite, toujours plus bas.

Soudain, j'écarquille les yeux d'effroi. Patrick est là, à l'intersection des rues Gardénia et du Verger. Il attend le signal pour traverser tout en sautillant sur place, histoire de se réchauffer.

Je m'époumone pour l'avertir du danger qui le guette, mais bien inutilement. Il a ce fichu baladeur calé sur les oreilles, par-dessus sa casquette, et n'entend rien d'autre. Je tourne la tête brièvement. Le coupé bleu a pris de la vitesse. Il n'est plus qu'à deux cents mètres derrière.

Le signal piétonnier s'allume à l'intersection. Patrick s'engage aussitôt dans le couloir prévu pour les gens qui circulent à pied.

J'atteins le bas de la côte et réussis tant bien que mal à prendre à gauche. J'emprunte le couloir à mon tour, à toute vapeur.

Soudain, un chien errant traverse la rue. Il se jette littéralement devant les roues du coupé bleu. La voiture décrit un crochet insensé pour éviter l'animal.

Les événements se précipitent alors. Le volant échappe des mains du jeune conducteur et se met à tourner follement comme une roue de gouvernail sans capitaine. Les pneus dérapent sur l'asphalte... Le véhicule bondit, insensible au feu rouge, et se dirige droit vers Patrick...

Chapitre 13

Avis
de recherche

J'entends les gens crier, sur le trottoir derrière moi, comme dans un rêve. J'enregistre aussi, du coin de l'œil, le regard paniqué du jeune conducteur du coupé bleu qui fond sur nous et qu'il ne maîtrise plus. Patrick, lui, continue sa route, sourd et aveugle au drame qui se joue.

Je bande tous mes muscles dans

un formidable effort de volonté et m'élance tel un fauve. Je percute Patrick, les bras tendus. Nous roulons tous deux, sous la force de l'impact, jusqu'au trottoir dans un enchevêtrement de bras et de jambes.

Le coupé bleu passe en trombe à tout juste un mètre de nous deux. Il va s'arrêter au beau milieu de l'intersection, dans une odeur de freins surchauffés, tamponnant légèrement deux autos qui circulent dans la rue du Verger.

Je me soulève sur un coude, fortement ébranlé, mais en un seul morceau. Patrick, lui, semble plus mal en point. Son visage livide tarde à s'animer. Ses yeux sont clos.

Je pose ma main sur son bras et le bouge doucement. Aucune réaction. Mes nerfs craquent alors. Je me mets à secouer mon ami sans plus de ménagement.

— Patrick. Réveille-toi, sapristi ! Nous avons évité l'accident. Tu m'entends ? Nous avons évité l'accident.

Mon copain soulève enfin les paupières au bout de ce qui me paraît une véritable éternité.

— Tu en es bien sûr ? demande-t-il faiblement. J'ai l'impression qu'une tonne de briques m'est tombée dessus. Quel choc !

Je désigne, du menton, l'automobile immobilisée tout de travers au centre de l'intersection.

— C'était ça ou la collision.

Patrick s'appuie à son tour sur un bras, puis sur l'autre. Il relève légèrement la visière de sa casquette.

— Le coupé bleu ! souffle-t-il, ému. Eh bien, mon vieux, tu m'as sauvé la vie, je crois.

— Bah ! fais-je, subitement embarrassé. Ce n'était rien.

Je me penche en avant et ramasse le

baladeur de Patrick pour me donner une contenance. Le disque compact tourne toujours dans l'appareil, mais le son qui en sort ressemble davantage à des miaulements qu'à la voix de son groupe préféré.

Les témoins de la scène, tout d'abord pétrifiés sur place, accourent maintenant de tous côtés. Le conducteur du coupé bleu émerge de son véhicule et se joint à la foule, chancelant. Il a l'air cruellement éprouvé, le pauvre. Mais il l'aurait été bien davantage sans mon intervention.

Les gens se précipitent vers nous. Certains d'entre eux nous tâtent, nous examinent sous toutes les coutures pour s'assurer que nous ne sommes pas blessés. Nous nous retrouvons bientôt noyés dans un océan de visages compatissants.

— Vous n'avez rien ? s'enquiert un des passants.

Une dame agite son index devant mon visage.

— Combien de doigts vois-tu? s'informe-t-elle, soucieuse.

— Écartez-vous, ordonne un autre bon Samaritain. Laissez-les respirer un peu. C'est d'oxygène qu'ils ont besoin après une telle bousculade.

Le jeune conducteur du coupé bleu s'agenouille près de nous.

— Je... je suis désolé, s'excuse-t-il, malheureux comme les pierres. C'est ce chien... J'ai voulu l'éviter... Dire que j'aurais pu vous écrabouiller...

Je tente de réconforter de mon mieux l'infortuné jeune homme. Soudain, une voix forte domine toutes les autres. Presque au même moment, un homme bien baraqué se fraie un chemin à travers l'attroupement. Je reconnais l'uniforme d'un policier.

— Dégagez, dégagez, commande l'agent. Vous allez étouffer les victimes.

La foule, jusqu'alors compacte, se fractionne en petits groupes. Je respire beaucoup mieux, tout à coup.

Le policier se penche vers nous, puis se tourne vers son compagnon qui le rejoint à l'instant.

— Appelle une ambulance pour ces deux jeunes.

— C'est inutile, fais-je précipitamment. Nous sommes indemnes. La voiture ne nous a pas touchés.

Je m'assois prestement sur mon séant, puis me relève, avec l'aide de quelques âmes charitables.

— Nous avons juste heurté le pavé un peu rudement, ajoute Patrick, debout à son tour.

— Hum! émet le policier, hésitant. Pas de commotion cérébrale? Voyons voir si vous avez des bosses.

Il me palpe rapidement le crâne de sa paume. Puis, satisfait, il se tourne vers Patrick et lui enlève sa casquette pour mieux voir.

— Nom d'une pipe! s'exclame alors l'homme. Ce visage... C'est bien lui! Depuis le temps que je te cherche partout, mon garçon.

Patrick fronce les sourcils dans une expression étonnée.

— Je ne comprends pas. Pourquoi me cherchiez-vous?

Un murmure de surprise mêlée d'indignation monte bientôt de la foule. Les gens semblent confondre Patrick avec quelque filou, à en juger par les regards réprobateurs qui se posent maintenant sur lui.

Mon compagnon recule de quelques pas, mal à l'aise.

— Je crois que vous me prenez pour quelqu'un d'autre, se défend-il. Je m'appelle Patrick Gascon. C'est facile à vérifier. J'habite au...

— C'est lui! C'est lui! s'exclament

aussitôt quelques-uns des curieux. Sans-cœur ! Fils dénaturé !

Patrick regarde avec inquiétude la foule de visages sévères se refermer sur lui. Il est complètement désarçonné par la tournure que prennent les événements.

— Tu vas venir avec moi au poste, jeune homme, fait alors le policier, la main tendue vers lui.

Patrick ne lui laisse pas le temps de terminer son geste. Il pirouette brusquement et se faufile à toute vitesse entre les piétons interloqués. Son mouvement subit déclenche le même ressort en moi. Je me lance à ses trousses à vive allure. Nous nous perdons dans l'animation de la rue avant même que les gens derrière nous aient eu le temps de réagir vraiment.

Patrick change brutalement de direction et s'engage dans une ruelle, puis dans une autre. Il s'arrête enfin à l'entrée de la troisième et s'appuie à un poteau électrique, l'air traqué.

— Qu'est-ce qu'ils me voulaient donc tous? proteste-t-il. Je n'ai rien fait, moi. Ils me regardaient comme si j'avais commis le pire des crimes.

Je hausse les épaules.

— Je n'y comprends rien. Tu connais ces gens?

— Une ou deux personnes, et de vue seulement...

— Et pourtant, presque tout le monde a semblé te reconnaître au moment même où le policier t'a enlevé ta casquette. Comme si tous t'avaient vu très souvent... Vraiment étrange.

Je remarque soudain que Patrick ignore totalement mes propos. Il fixe le poteau électrique, légèrement au-dessus de sa tête, tout à fait consterné.

Je lève les yeux à mon tour.

Une petite affiche photocopiée est agrafée sur le poteau de bois. Et au beau milieu de la feuille, il y a le visage souriant de Patrick.

Je lis le texte qui accompagne l'image, éberlué.

— Patrick Gascon, disparu depuis le 29 août dernier...

Chapitre 14

Un faux fugueur
en fuite

— Aïe ! gémit Caroline, à quatre pattes au fond du fossé. Mes espadrilles sont pleines de vase. C'est dégueu !

Maxime se redresse, de mauvais poil. Il essuie ses mains boueuses sur mon t-shirt.

— Bon, j'en ai assez, moi, grogne-t-il. Allez-vous enfin nous expliquer, à Caroline et à moi, ce qui se passe ?

Je risque un timide coup d'œil à l'extérieur de notre cachette. Rien. Je m'étire le cou pour sonder la route davantage, du côté de la maison de Grégoire comme de l'autre. Aucune voiture en vue.

— Je crois que nous pouvons sortir. Personne ne nous suit.

Maxime ne se fait pas prier. Il escalade la pente, trop heureux de quitter le fossé nauséabond.

— Mais enfin, Hugo, reprend-il lorsque je le rejoins sur l'accotement. Pourquoi nous suivrait-on ?

Patrick s'extrait de la tranchée à son tour et aide Caroline à faire de même. Il se tourne ensuite vers Maxime.

— Ma photo est placardée sur des poteaux, en ville. Ma famille et la police me cherchent partout depuis le 29 août, à ce qu'il paraît.

— Quoi ?

Caroline et Maxime fixent Patrick,

les yeux écarquillés. Ils tombent des nues, c'est évident.

— Comment est-ce possible ? bredouille Caroline.

Je prends la parole. J'ai eu amplement le temps de réfléchir à la question durant notre fuite.

— Eh bien, je crois que c'est nous qui avons tout chambardé en ramenant Patrick avec nous. Nous l'avons pour ainsi dire arraché du passé. Voilà pourquoi il en est disparu.

Caroline se met à tortiller nerveusement une courte boucle de ses cheveux noirs.

— Mais quelle importance ? Tout ce qui compte, c'est qu'il soit sain et sauf dans le présent.

— Mmmmooouais, soupire Patrick, incertain. Sauf que je ne sais pas trop comment expliquer à mes parents une absence de presque neuf mois, moi.

J'écarte les bras.

— Il n'y a pas trente-six solutions...

Trois paires d'yeux se tournent vers moi. Je me racle la gorge avant de continuer.

— Le seul moyen de réparer les pots cassés, c'est de renvoyer Patrick là d'où il vient.

Caroline se dresse, batailleuse.

— Hé là! Un instant!

— Il a probablement raison, s'interpose Patrick. Et puis, maintenant que l'accident a été évité, rien ne m'empêche de retourner en arrière.

Maxime ouvre mollement la bouche.

— Et nous, alors? Tu nous abandonnes?

J'entoure les épaules de Caroline et de Maxime, l'air davantage convaincant que convaincu.

— Le Patrick du passé et celui du présent sont réunis en un seul corps. Un peu comme ça s'est produit pour nous trois pendant notre premier voyage dans le temps. Alors, normalement, si le Patrick du passé retourne en arrière, celui du présent devrait rester avec nous, non ?

Caroline me dévisage avec inquiétude.

— Et si, malgré tes savantes hypothèses, il disparaissait complètement ?

Patrick lui décoche un irrésistible sourire.

— Eh bien, alors, vous viendrez de nouveau me chercher, voilà tout...

Notre ami s'interrompt brusquement. Son air enjoué s'efface de son visage. Il lève le bras et désigne la route, au-delà du casse-croûte.

— La police, là-bas ! Elle vient dans notre direction...

Chapitre 15

Livraison
exprès

Nous nous engouffrons dans la maison abandonnée du vieux Grégoire et refermons rapidement la porte derrière nous. Patrick jette un coup d'œil à travers la vitre.

— Ils arrivent, s'écrie-t-il.

Nous nous agglutinons tous trois autour de notre ami, notre visage dissimulé par le rideau de dentelle.

L'auto-patrouille passe lentement devant notre cachette. Les deux agents à son bord – les mêmes que tout à l'heure – scrutent les alentours.

Maxime se plaque le dos contre le mur. Du revers de la main, il essuie les gouttes de sueur qui perlent à son front.

— On l'a échappé belle ! Un peu plus et ils nous cueillaient comme des fleurs.

Patrick quitte notre poste d'observation et se dirige résolument vers le vieil escalier en bois.

— Ne perdons pas de temps. On ne sait jamais. Ils pourraient rappliquer.

Nous emboîtons le pas à notre ami. Les marches craquent atrocement, peu habituées à un tel trafic. Mais nous nous en foutons royalement, puisque le vieux Grégoire n'est pas là pour nous frapper de sa terrible trique.

Nous pénétrons dans la chambre

verte, à la queue leu leu. Le vieux réveil est par terre, au centre de la pièce. Là même où nous l'avons abandonné en disparaissant du passé. Décidément, Grégoire ne faisait pas le ménage de cette chambre bien souvent.

Patrick ramasse le réveil. Il s'assoit sur le sol et dépose l'objet sur ses genoux.

— Je suis prêt pour le grand voyage. Combien de tours dois-je faire, déjà ?

— Cinq cent dix-huit, lui rappelle Maxime. Mais si tu tiens à ta peau, je te conseille d'y ajouter quelques heures. Comme ça, tu pourras quitter la maison en douce pendant que le vieux fait dodo.

À ces mots, Caroline se frappe dans les mains, vraisemblablement saisie d'une inspiration soudaine.

— Dites, les gars... j'ai une idée. Si l'on venait en aide à M. Grégoire ? C'est vraiment trop bête, cette chute qui l'a rendu infirme...

Maxime, Patrick et moi échangeons des regards peu enthousiastes.

— Tu as le cœur trop tendre, fais-je dans un soupir.

— Il nous a presque criblés comme des passoires, proteste Maxime.

— Peut-être, admet Caroline. Mais c'est tout de même grâce à son réveil et à sa chambre verte que Patrick est de nouveau intact, non ?

Le principal intéressé écarte les bras, dans un geste d'impuissance.

— Mais comment pourrions-nous l'aider ?

Caroline s'accroupit auprès de Patrick.

— D'après Maxime, reprend-elle, c'est une échelle en bois pourri qui est la cause de sa chute...

— Et alors ?

— Eh bien, je me disais que, sans cette échelle, il n'y aurait probablement pas d'accident.

Une lueur de compréhension éclaire les traits de Patrick.

— Donc, résume-t-il, tu veux que je profite du sommeil du bonhomme pour me débarrasser de l'échelle en question ?

— C'est à peu près ça, acquiesce Caroline.

— D'accord, accepte Patrick, bon prince. Je veux bien essayer. Mais je ne promets rien, hein !...

Maxime secoue la tête, pas vraiment enchanté par l'idée de Caroline.

— Bon. Eh bien, puisque tu as maintenant du pain sur la planche, vieux, mieux vaut y aller tout de suite.

Patrick saisit le réveil.

— Libérez la piste d'envol, plaisante-t-il.

Nous nous écartons un peu de notre copain. Celui-ci inspire profondément, puis, d'un geste décidé, il se met à tourner l'aiguille du cadran. Nous comptons tous en même temps que lui.

Les minutes s'écoulent. Des dizaines de tours s'ajoutent aux centaines.

— Cinq cent onze, cinq cent douze...

Patrick en est bientôt à la dernière rotation. Il ralentit l'allure et immobilise l'aiguille sur le chiffre 2.

Le bruit d'évier se fait aussitôt entendre et le vent se lève alors, soudain, violent. Il arrache un tableau du mur, fait valser les rideaux à la fenêtre. Notre chevelure s'agite comme une couronne mouvante sur notre tête.

Patrick se tient bien droit, le regard figé dans l'attente, lorsque, subitement, sa silhouette devient floue.

— Oh! regardez! s'écrie Caroline, la voix à moitié couverte par le sifflement du vent.

Pour mieux voir, j'abrite mes yeux de mon bras levé en guise de bouclier.

Le corps de Patrick s'étire, grandit,

puis se dédouble en deux silhouettes presque identiques. La rafale se concentre autour de l'une d'elles, celle du passé. Elle l'engouffre dans un furieux tourbillon et la réduit à néant dans une gerbe de lumière.

La bourrasque s'épuise enfin. Tout redevient alors immobile dans la pièce.

La poussière est à peine retombée que Caroline se précipite vers le Patrick du présent.

— Tu vas bien ? s'enquiert-elle.

Notre ami secoue doucement la tête.

— Quelle étrange sensation ! fait-il, ébranlé. Je me suis senti siphonné. Comme si l'on m'aspirait par en dedans. Mais je vais bien. Je vais même très bien.

Maxime pousse un soupir de soulagement.

— Extra ! s'exclame-t-il. Alors on n'a plus rien à faire ici. Que diriez-vous de décamper ? Je commence à en avoir marre de cette vieille bicoque, moi.

Je tends la main à Patrick pour l'aider à se remettre debout. Il s'est à peine exécuté, cependant, qu'un événement insolite se produit. Un halo d'une lumière étrange, irréelle, apparaît subitement de l'autre côté du lit. Presque aussitôt, une silhouette se matérialise au milieu de la source lumineuse. Une forme rabougrie au visage parcheminé et grimaçant. Grégoire !

Caroline joint les mains, apeurée et ravie à la fois.

— Patrick a réussi, s'extasie-t-elle, d'une toute petite voix. Il s'est débarrassé de l'échelle.

— Toi et tes idées de missionnaire ! commente Maxime en s'étouffant presque. Nous voilà bien avancés !

Le vieux lève un regard mauvais vers nous.

— Encore vous autres ! rugit-il. Je vous ai pourtant avertis, il y a des mois de cela, de ne plus remettre les pieds ici.

Le vieillard s'interrompt soudain et plisse les yeux. Son regard est rivé sur la figure de notre Patrick.

— Mais je te reconnais, toi. C'est toi qui as bousillé mon échelle de bois à coups de hache, l'été passé. Ah ! tu vas goûter de ma trique, gredin !

Cette menace nous force à réagir. Nous nous précipitons vers la sortie dans la pagaille la plus totale.

Nous dévalons l'escalier et nous nous ruons dehors. Patrick, qui a retrouvé sa taille normale depuis qu'il s'est dédoublé, prend la tête du peloton. Le bonhomme nous poursuit jusqu'à la route sans cesser de nous injurier. Il ponctue chacune de ses épithètes d'un dangereux moulinet de trique.

Nous couvrons la distance qui nous sépare du casse-croûte en un temps record. Nous nous adossons au mur de tôle, un peu haletants. Là-bas, courbé au-dessus de sa clôture, Grégoire brandit furieusement son bâton dans notre direction.

Patrick observe la silhouette gesticulante un moment, le souffle court. Puis, contre toute attente, il éclate d'un rire joyeux.

— Ça alors! finit-il par s'exclamer. Quel ingrat! Il ne nous a même pas dit merci...

FIN